José Saramago est né en 1922 à Azinhaga, au Portugal. Il a été le directeur adjoint du quotidien *Diario de noticias* pendant plusieurs années. Son œuvre, qui comprend des romans, des essais, de la poésie et du théâtre, est traduite dans le monde entier. *Docteur Honoris Causa* de plusieurs universités, dont celle de Bordeaux, il a reçu en 1995 le prix Camoens, la plus haute distinction des lettres portugaises, et le prix Nobel de littérature en 1998. Il est décédé à Lanzarote en juin 2010.

José Saramago

PRIX NOBEL DE LITTÉRATURE

LE VOYAGE DE L'ÉLÉPHANT

ROMAN

*Traduit du portugais
par Geneviève Leibrich*

Éditions du Seuil

TEXTE INTÉGRAL

TITRE ORIGINAL
A viagem do elefante
ÉDITEUR ORIGINAL
Editorial Caminho, SA, Lisbonne
© José Saramago & Editorial Caminho, SA, Lisbonne, 2008
ISBN original : 978-972-21-2017-3

ISBN 978-2-7578-1956-2
(ISBN 978-2-02-099423-1, 1re publication)

Les droits français ont été négociés par la Literarische Agentur Mertin,
Francfort-sur-le-Main, Allemagne.

© Éditions du Seuil, septembre 2009, pour la traduction française

Le Code de la propriété intellectuelle interdit les copies ou reproductions destinées à une utilisation collective. Toute représentation ou reproduction intégrale ou partielle faite par quelque procédé que ce soit, sans le consentement de l'auteur ou de ses ayants cause, est illicite et constitue une contrefaçon sanctionnée par les articles L. 335-2 et suivants du Code de la propriété intellectuelle.

À Pilar, qui m'a empêché de mourir

Nous arrivons toujours à l'endroit
où nous sommes attendus.
LE LIVRE DES ITINÉRAIRES

Pour incongru que cela puisse sembler à qui ne serait pas conscient de l'importance des alcôves, qu'elles soient sacralisées, laïques ou illégitimes, pour le bon fonctionnement des administrations publiques, le premier pas de l'extraordinaire voyage d'un éléphant vers l'autriche que nous nous proposons de relater eut lieu dans les appartements royaux de la cour portugaise, plus ou moins à l'heure d'aller au lit. Précisons d'ores et déjà que l'emploi de ces vocables imprécis, plus ou moins, n'est pas l'œuvre d'un simple hasard. Nous nous dispensons ainsi, avec une élégance digne d'être mise en exergue, d'entrer dans des détails de nature physique et physiologique quelque peu sordides et presque toujours ridicules, qui, jetés pêle-mêle sur le papier, offenseraient le catholicisme très strict de dom joão trois, roi de portugal et des algarve, et de dona catarina d'autriche, son épouse et future grand-mère de ce dom sebastião qui ira combattre à ksar el-kébir et y mourra au premier assaut, ou au second, encore qu'il ne manque pas de gens pour affirmer qu'il décéda de maladie à la veille de la bataille. Le sourcil froncé, voici ce que le roi commença par dire à la reine, J'ai des doutes, madame, À propos de quoi, sire, À propos du cadeau que nous avons donné au cousin maximilien lors de son mariage, il y a quatre ans, ce présent m'a toujours paru indigne de son lignage et de ses mérites, et maintenant que nous l'avons ici tout près, à valladolid, en qualité de régent d'espagne, pour ainsi dire à portée de main, j'aimerais lui offrir quelque chose de plus précieux, quelque chose de spectaculaire, qu'en pensez-vous, madame, Une custode serait d'un bel effet, sire, j'ai observé que peut-être en raison de la vertu conjuguée de sa valeur matérielle et de sa signification spirituelle, une custode est toujours bien accueillie par la personne qui la reçoit, Notre sainte église n'apprécierait pas pareille libéralité, sa mémoire infaillible n'a sûrement pas oublié la sympathie avouée du cousin maximilien pour la réforme des protestants luthériens, luthériens ou calvinistes, je n'ai jamais su au juste, Vade retro, satanas, je n'avais pas pensé à cela, s'exclama la reine en se signant, demain il me faudra aller à confesse dès potron-minet, Pourquoi demain plus particulièrement, madame, puisque vous avez coutume de vous confesser tous les jours, demanda le roi, À cause de l'idée abominable que l'ennemi m'a placée dans les cordes de la voix, figurez-vous que je sens encore ma gorge toute brûlée comme si le souffle de l'enfer l'avait effleurée. Habitué aux exagérations sensorielles de la reine, le roi haussa les épaules et revint à la tâche épineuse qu'était la recherche d'un présent susceptible de faire plaisir à l'archiduc maximilien d'autriche. La reine marmonnait une oraison, elle venait déjà d'en entamer une autre lorsque soudain elle s'interrompit et cria presque, Nous avons salomon, Qui, demanda le roi, perplexe, qui ne comprenait pas cette invocation intempestive du roi de judée, Oui, sire, salomon, l'éléphant, Et pourquoi aurais-je besoin ici de l'éléphant, demanda le roi, avec déjà une pointe d'exaspération, Pour le cadeau, sire, le cadeau de mariage, répondit la reine en se levant, euphorique, tout excitée,

Ce n'est pas un cadeau de mariage, Peu importe. Le roi hocha lentement la tête trois fois de suite, fit une pause et effectua encore trois hochements au bout desquels il reconnut, L'idée me semble intéressante, Elle est plus qu'intéressante, elle est bonne, elle est excellente, rétorqua la reine avec un geste d'impatience, quasiment d'insubordination, qu'elle ne fut pas capable de réprimer, cela fait plus de deux ans que cet animal est venu des indes et depuis lors il n'a rien fait d'autre que manger et dormir, sa cuve d'eau est toujours pleine, il a du fourrage à foison, c'est comme si nous nourrissions une bête de somme attachée en permanence à son anneau, sans espoir de rétribution. Ce n'est pas la faute de la pauvre bestiole, ici il n'y a pas de travail pour elle, sauf à l'envoyer dans les chantiers navals du tage coltiner des planches, mais le pauvre souffrirait car sa spécialité professionnelle ce sont les troncs, mieux adaptés à sa trompe à cause de leur courbure, Alors qu'il aille donc à vienne, Et comment ira-t-il, demanda le roi, Ah, cela ne nous regarde pas, si le cousin maximilien devient son maître, ce sera à lui de trouver une solution, j'imagine qu'il est toujours à valladolid, Je n'ai pas reçu de nouvelles disant autre chose, Bien entendu, salomon devra aller à pattes à valladolid, c'est un bon marcheur, Et à vienne aussi, il n'y a pas d'autre moyen, Une longue trotte, dit la reine, Une sacrée trotte, reconnut le roi d'un air grave et il ajouta, Demain j'écrirai au cousin maximilien, s'il accepte il faudra convenir d'une date et vérifier certaines choses, savoir, par exemple, quand il a l'intention de partir pour vienne, de combien de jours salomon aura besoin pour aller de lisbonne à valladolid, après ce ne sera plus notre affaire, nous pourrons nous en laver les mains, Oui, nous nous en laverons les mains, dit la reine, mais au tréfonds de son cœur, là où les contradictions de l'être se livrent bataille, elle ressentit une douleur subite à l'idée de laisser salomon partir vers des terres aussi lointaines et des gens aussi bizarres.

Le lendemain, de très bon matin, le roi fit venir son secrétaire pêro de alcáçova carneiro et lui dicta une lettre qu'il ne parvint pas à bien formuler ni à la première tentative, ni à la deuxième, ni à la troisième, et qu'il dut confier entièrement à l'habileté rhétorique et à la connaissance experte de la pragmatique et des formules épistolaires en usage entre souverains qui peuplaient l'esprit du fonctionnaire compétent, lequel les avait acquises dans la meilleure des écoles possible, celle de son propre père, antónio carneiro, dont il avait hérité la charge à la mort d'icelui. La lettre fut parfaite, tant dans sa présentation que dans son raisonnement, n'omettant même pas la possibilité toute théorique, exprimée en termes diplomatiques, que le cadeau puisse ne pas plaire à l'archiduc, lequel aurait cependant toutes les difficultés du monde à répondre négativement, car le roi de portugal affirmait dans un passage stratégique de la missive que dans tout son royaume il ne possédait rien de plus précieux que l'éléphant salomon, tant à cause du sentiment unitaire de la création divine qui rattache et apparente toutes les espèces les unes aux autres, d'aucuns prétendant même que l'homme fut fabriqué à partir des restes de l'éléphant, qu'en raison des valeurs symboliques, intrinsèques et séculières de l'animal. La lettre ayant été fermée et scellée, le roi ordonna à son maître écuyer de se présenter, un gentilhomme bénéficiant de toute sa confiance à qui il résuma le document, après quoi il lui donna l'ordre de choisir une escorte digne de sa qualité, mais surtout à la hauteur de la mission dont il était investi. Le gentilhomme baisa la main du roi qui lui dit avec la solennité d'un oracle les paroles sibyllines suivantes, Soyez aussi véloce que l'aquilon et aussi sûr que le vol de l'aigle, Oui, sire. Puis le roi changea de ton et donna quelques conseils pratiques, Vous n'avez pas besoin que je vous rappelle que vous devrez changer de chevaux chaque fois que cela sera nécessaire, les postes ne sont pas là pour autre chose, ce n'est pas le moment de lésiner, je vais faire renforcer les écuries et d'ores et déjà, dans la mesure du possible, pour gagner du temps, j'estime que vous devriez dormir sur votre cheval alors qu'il galopera sur les chemins de castille. Le messager ne comprit pas la badinerie ou choisit de ne pas y réagir et il se borna à déclarer, Les ordres de votre altesse seront exécutés en tout point, j'y engage ma parole et ma vie, et il se retira à reculons, renouvelant ses révérences tous les trois pas. C'est le meilleur des maîtres écuyers, déclara le roi. Le secrétaire décida de taire la flagornerie qui aurait consisté à dire que le maître écuyer ne pourrait être autrement ni se comporter différemment, dès lors qu'il avait été choisi personnellement par son altesse. Il avait l'impression d'avoir dit quelque chose de semblable tout récemment. Un conseil de son père lui était revenu en mémoire à l'instant même, Attention, mon fils, une flagornerie répétée finit inévitablement par devenir fâcheuse et donc elle blessera comme une offense. Après quoi, le secrétaire, encore que pour des raisons différentes de celles du maître écuyer, préféra lui aussi se taire. Ce fut pendant ce bref silence que le roi donna enfin voix à une inquiétude qui l'avait assailli à son réveil, J'ai réfléchi, je me suis dit que je devrais aller voir salomon, Votre altesse souhaite-t-elle que je fasse appeler la garde royale, demanda le secrétaire, Non, deux pages seront plus que suffisants, un pour la transmission des messages et l'autre pour aller s'enquérir des raisons pour lesquelles le premier n'est pas encore revenu, ah, et vous aussi, monsieur le secrétaire, si vous voulez bien m'accompagner, Votre altesse m'honore infiniment, bien au-delà de mes mérites, Peut-être afin que vos mérites s'accroissent de plus en plus, comme pour votre père, que dieu le garde en sa gloire, Je baise les mains de votre altesse, avec l'amour et le respect avec lesquels je baisais les siennes, J'ai le sentiment que cela est véritablement très au-dessus de mes mérites, dit le roi en souriant, En matière de dialectique et de vivacité votre altesse n'a point d'égal, Figurez-vous pourtant qu'il ne manque pas de gens par ici pour dire que les fées qui présidèrent à ma naissance ne m'ont pas voué à l'exercice des belles-lettres, Tout n'est pas belles-lettres sur cette terre, sire, aller rendre visite à l'éléphant salomon aujourd'hui est, comme on le qualifiera peut-être à l'avenir, un acte poétique, C'est quoi un acte poétique, demanda le roi, Nul ne le sait, sire, on ne s'en rend compte que lorsqu'il s'est produit, Mais moi, pour l'instant, je n'ai fait qu'annoncer mon intention d'aller voir salomon, S'agissant de la parole d'un roi, je suppose que ç'aura suffi, Je crois avoir entendu dire qu'en rhétorique ceci s'appelle de l'ironie, J'en demande pardon à votre altesse, Vous êtes pardonné, monsieur le secrétaire, si tous vos péchés étaient aussi graves, le ciel vous serait acquis, Je ne sais pas, sire, si maintenant serait le meilleur moment pour aller au ciel, Qu'est-ce à dire, L'inquisition est en train d'arriver, sire, c'est la fin des sauf-conduits de confession et d'absolution, L'inquisition sauvegardera l'unité entre les chrétiens, c'est là son objectif, Saint objectif, à n'en point douter, sire, reste à savoir par quels moyens elle y parviendra, Si l'objectif est saint, les moyens dont elle se servira le seront aussi, répondit le roi avec une certaine âpreté, Je demande pardon à votre altesse, en outre, Quoi, en outre, Je vous supplie de me dispenser de la visite à salomon, je sens qu'aujourd'hui je ne serais pas une compagnie agréable pour votre altesse, Je ne vous en dispense pas, j'ai absolument besoin de votre présence dans l'enclos, À quelle fin, sire, si le demander n'est point trop hardi de ma part, Je n'ai pas la faculté de savoir si ce que vous avez appelé acte poétique se produira, répondit le roi avec un demi-sourire auquel la barbe et la moustache donnaient une expression malicieuse, presque méphistophélique, J'attends vos ordres, sire, À cinq heures je veux quatre chevaux à la porte du palais, recommandez que celui que je monterai soit grand, gros et doux, je n'ai jamais apprécié les chevauchées échevelées et encore moins aujourd'hui, à mon âge, avec toutes les indispositions qui en découlent, Oui, sire, Et choisis bien les pages, qu'ils ne soient pas du genre à rire pour un oui pour un non, ça me donne envie de leur tordre le cou, Oui, sire.

Ils ne partirent qu'après cinq heures et demie car la reine, en apprenant l'existence de ce projet d'excursion, déclara qu'elle voulait aussi y participer. Il fut difficile de la convaincre qu'il ne valait pas la peine de faire sortir un carrosse simplement pour aller à belém, où l'enclos de salomon avait été aménagé. Et sûrement, madame, vous ne voudrez pas vous y rendre à cheval, dit le roi d'un ton péremptoire, décidé à n'admettre aucune réplique. La reine respecta l'interdiction à peine déguisée et se retira en murmurant que salomon n'avait dans tout le portugal et même dans tout l'univers personne qui l'aimât plus qu'elle. On voit que les contradictions de son être allaient en augmentant. Après avoir traité le pauvre animal de bête nourrie et attachée à son anneau, la pire des insultes pour un irrationnel qu'en inde on avait fait travailler durement, sans rétribution, pendant des années et des années, catherine d'autriche montrait à présent des signes de repentir chevaleresque qui l'avaient presque menée à défier, au moins dans les formes, l'autorité de son seigneur, mari et roi. Au fond il s'agissait d'une tempête dans un verre d'eau, d'une petite crise conjugale qui se dissipera inévitablement avec le retour du maître écuyer quelle que soit la réponse qu'il rapportera. Si l'archiduc accepte l'éléphant, le problème sera résolu de lui-même, ou plutôt par le voyage à vienne, et s'il ne l'accepte pas, ce sera alors l'occasion de dire une fois de plus, avec l'expérience millénaire des peuples qui malgré les déceptions, les frustrations et les désillusions qui sont le pain quotidien des hommes et des éléphants, que la vie continue. Salomon n'a aucune idée de ce qui l'attend. Le maître écuyer, émissaire de son destin, chevauche en direction de valladolid, déjà rétabli du piètre résultat de sa tentative de dormir sur sa monture, et le roi de portugal, avec sa suite réduite à son secrétaire et à deux pages, est en train d'arriver sur la plage de belém, en vue du monastère des hiéronymites et de l'enclos de salomon. En donnant du temps au temps, toutes les choses de l'univers finiront par s'emboîter les unes dans les autres. Voici l'éléphant. Plus petit que ses parents africains, on devine cependant sous la couche de crasse qui le recouvre la belle silhouette dont la nature l'a doté. Pourquoi cet animal est-il aussi sale, demanda le roi, où est son valet, je suppose qu'il a un valet. Un homme aux traits indiens s'approcha, couvert de vêtements presque devenus des haillons, un mélange de pièces d'habillement d'origine et de fabrication nationale, mal recouvertes ou recouvrant mal des vestiges d'étoffes exotiques arrivés avec l'éléphant sur ce même corps il y a deux ans. C'était le cornac. Le secrétaire s'aperçut vite que le valet n'avait pas reconnu le roi, et comme la situation ne se prêtait pas à des présentations officielles, altesse, permettez que je vous présente celui qui s'occupe de salomon, monsieur l'indien, je vous présente le roi de portugal, dom joão trois qui passera à l'histoire avec le surnom de pieux, il donna l'ordre aux pages d'entrer dans l'arène et d'informer le cornac inquiet des titres et qualités du personnage barbu qui lui lançait un regard sévère, annonciateur des pires effets, C'est le roi. L'homme s'arrêta, comme foudroyé par le tonnerre, et fit un mouvement comme s'il voulait s'enfuir, mais les pages l'attrapèrent par ses haillons et le poussèrent jusqu'à la clôture. Ayant grimpé sur une échelle rustique placée à l'extérieur, le roi observait le spectacle avec irritation et répugnance, regrettant d'avoir cédé à son impulsion matinale d'aller rendre une visite sentimentale à un brut pachyderme, à ce ridicule proboscidien de plus de quatre coudées de hauteur, lequel, si dieu le veut, ira bientôt déposer ses excréments malodorants dans la prétentieuse vienne d'autriche. La faute, du moins en partie, incombait au secrétaire, à sa remarque sur les actes poétiques qui lui trottait encore dans la cervelle. Il regarda d'un air de défi ce fonctionnaire estimé pour d'autres raisons et celui-ci lui dit, comme s'il avait deviné son intention, L'acte poétique, sire, c'est la venue de votre majesté ici, l'éléphant est uniquement le prétexte, rien de plus. Le roi marmonna quelque chose d'inaudible, puis dit d'une voix ferme et claire, Je veux qu'on lave cet animal immédiatement. Il se sentait roi, il était un roi, et la sensation est compréhensible si l'on pense qu'il n'avait jamais prononcé une phrase pareille de toute sa vie de monarque. Les pages firent part au cornac de la volonté du roi et l'homme se précipita vers une remise où étaient entreposés des objets qui ressemblaient à des outils et qui en étaient peut-être, en plus d'autres dont personne n'aurait pu dire à quoi ils servaient. Il y avait à côté de la remise une construction en planches couverte de tuiles rondes qui devait être le logement du valet. L'homme revint avec un balai en piassava équipé d'un long manche, il remplit un grand seau dans la cuve qui servait d'abreuvoir et se mit au travail. Le plaisir de l'éléphant fut indéniable. L'eau et le frottement du balai devaient avoir réveillé en lui un souvenir agréable, un fleuve en inde, un tronc d'arbre rugueux, et la preuve c'est que pendant toute la durée du lavage, une bonne demi-heure, il ne bougea pas de là où il se trouvait, imperturbable sur ses pattes puissantes, comme s'il était hypnotisé. Les suprêmes vertus de l'hygiène corporelle étant bien connues, personne ne fut surpris qu'un autre éléphant fût apparu là où il y en avait eu un autre précédemment. La saleté qui l'avait recouvert auparavant et qui empêchait presque de voir sa peau avait disparu sous l'assaut conjugué de l'eau et du balai, et salomon s'exhibait maintenant aux regards dans toute sa splendeur. Assez relative, tout bien considéré. La peau de l'éléphant asiatique, et celui-ci en était un, est grossière, moitié grise moitié couleur café, parsemée de mouchetures et de poils, une déception permanente pour lui-même, malgré les conseils de résignation sempiternellement répétés selon lesquels il devait se contenter de ce qu'il avait et en rendre grâces à vishnou. Il s'était laissé laver comme s'il attendait un miracle, une sorte de baptême, et le résultat était là, mouchetures et poils. Cela faisait plus d'un an que le roi n'avait pas jeté les yeux sur l'éléphant, il en avait oublié les détails, et à présent le spectacle qui s'offrait à sa vue ne lui plaisait pas du tout. Seules les longues incisives du pachyderme, d'une blancheur resplendissante, à peine légèrement incurvées, telles deux épées pointant en avant, échappaient à ce dégoût. Mais il manquait encore le pire. Subitement, le roi de portugal et aussi des algarve, précédemment au comble du bonheur à l'idée de pouvoir faire un cadeau à rien moins qu'au gendre de l'empereur charles quint, eut l'impression qu'il allait tomber de l'échelle et se précipiter dans la gueule béante de l'ignominie. Voici la question que le roi s'était posée à lui-même, Et si l'éléphant ne plaît pas à l'archiduc, s'il le trouve laid, imaginons qu'il commence par accepter le cadeau, puisqu'il ne le connaît pas, et qu'il le restitue ensuite, comment ferai-je face à la honte de me voir insulté sous les regards compatissants ou ironiques de la communauté européenne. Qu'en pensez-vous, quelle idée vous suggère cet animal, se décida enfin le roi à demander au secrétaire, dans sa recherche d'une planche de salut qui ne pouvait venir que de ce côté-là, La beauté ou la laideur, sire, sont seulement des notions relatives, pour la chouette même ses petits sont beaux, ce que je vois ici, pour prendre ce cas particulier d'une loi générale, c'est un exemplaire magnifique d'éléphant asiatique, avec tous les poils et toutes les mouchetures imposés par sa nature et qui enchantera l'archiduc et éblouira non seulement la cour et la population de vienne, mais aussi les gens du commun partout où il passera. Le roi soupira de soulagement, Je suppose que vous avez raison, J'espère avoir raison, sire, si de l'autre nature, la nature humaine, j'ai quelque connaissance, et si votre altesse me le permet, je me hasarderai aussi à dire que cet éléphant avec ses poils et ses mouchetures va se transformer en un instrument politique de premier ordre pour l'archiduc d'autriche, s'il est aussi astucieux que ce que j'ai pu déduire des preuves qu'il a fournies jusqu'à présent, Aidez-moi à descendre, cette conversation me donne le vertige. Avec l'aide du secrétaire et des deux pages, le roi réussit à descendre sans difficulté majeure les quelques échelons qu'il avait gravis. Il respira profondément en sentant la terre ferme sous ses pieds et sans raison apparente, sauf, disons peut-être, puisqu'il est encore trop tôt pour le savoir de science certaine, sauf si une oxygénation subite du sang et le renouvellement de la circulation à l'intérieur de la tête qui en résulta lui firent penser à quelque chose qui ne lui serait sûrement pas venu à l'esprit dans des circonstances normales. Et ce fut, Cet homme ne peut aller à vienne en pareil équipage, couvert de haillons, j'ordonne qu'on lui confectionne deux habits, un pour le travail, quand il devra chevaucher l'éléphant, et un autre, de représentation sociale, afin de ne point faire piètre figure à la cour d'autriche, sans luxe, mais digne du pays qui l'envoie là-bas, Il en sera ainsi fait, sire, Et à propos, comment s'appelle-t-il. On envoya un page s'enquérir et la réponse, transmise par le secrétaire, donna plus ou moins ce qui suit, Subhro. Subro, répéta le roi, quel diable de nom est-ce donc là, Avec un h, sire, du moins c'est ce qu'il a dit, précisa le secrétaire, Nous aurions dû le nommer joaquim quand il est arrivé au portugal, marmonna le roi.

Trois jours plus tard, dans l'après-midi, le maître écuyer, à la tête de son escorte, passablement moins brillante en raison de la saleté des chemins et des inévitables suées malodorantes, tant chez les équidés que chez les humains, mit pied à terre à la porte du palais, secoua la poussière de sa personne, gravit l'escalier et pénétra dans l'antichambre que s'était empressé de lui indiquer le laquais principal, titre dont nous ne savons pas s'il a existé réellement en ce temps-là, il vaut mieux que nous l'avouions dès à présent, mais qui nous a paru convenir en raison de la composition de son odeur corporelle, un mélange de présomption et de fausse humilité qui se dégageait en volutes du personnage. Impatient de connaître la réponse de l'archiduc, le roi reçut sur-le-champ le nouvel arrivé. La reine catherine était présente dans le salon d'apparat, ce qui ne devra surprendre personne, vu la transcendance du moment, surtout si l'on sait que par décision du roi, son mari, elle participait régulièrement aux réunions d'état où jamais elle ne se comporta en spectatrice passive. Elle avait une autre raison de vouloir entendre lire la lettre dès son arrivée car elle nourrissait le vague espoir, encore que cette éventualité ne lui semblât guère plausible, que la missive de l'archiduc maximilien fût rédigée en allemand, auquel cas la traductrice la mieux placée serait pour ainsi dire à portée de la main, prête à servir. Entre-temps, le roi avait reçu le rouleau des mains du maître écuyer, il le déroula lui-même après avoir détaché les rubans scellés aux armes de l'archiduc, mais un simple coup d'œil lui suffit pour s'apercevoir que la lettre était écrite en latin. Or dom joão, le troisième de ce nom au portugal, bien que tout à fait capable de latiniser car il avait fait des études au temps de sa jeunesse, était parfaitement conscient que les trébuchements inévitables, les pauses trop prolongées, les erreurs d'interprétation plus que probables, donneraient à l'assistance une piètre et pour tout dire imméritée image de sa stature royale. Avec la vivacité d'esprit que nous lui connaissons déjà et la fluidité des réflexes qui en découlait, le secrétaire s'était déjà avancé discrètement de deux pas et attendait. D'un ton naturel, comme si une répétition de la mise en scène avait déjà eu lieu, le roi déclara, Monsieur le secrétaire en donnera lecture, traduisant en portugais le message dans lequel notre cousin maximilien bien-aimé répond certainement à notre offre de l'éléphant salomon, il me semble inutile de lire l'intégralité de la lettre, il suffit que pour l'instant nous prenions connaissance de l'essentiel, Il en sera ainsi fait, sire. Le secrétaire promena le regard sur les longues et redondantes formules de politesse que le style épistolaire de l'époque faisait proliférer comme champignons après la pluie, chercha plus bas et trouva. Il ne traduisit pas, il se borna à annoncer, L'archiduc maximilien d'autriche accepte le don et en remercie le roi de portugal. Un sourire de satisfaction se fit jour sur le visage royal entre la masse pileuse formée par la barbe et la moustache. La reine sourit également en joignant les mains dans un geste de gratitude qui tout en s'adressant d'abord à l'archiduc maximilien d'autriche avait pour ultime destinataire dieu tout-puissant. Les contradictions qui se combattaient dans le for intérieur de la reine étaient parvenues à une synthèse, la plus banale de toutes, à savoir que personne n'échappe à son destin. Reprenant la parole, le secrétaire fit connaître les autres dispositions contenues dans la lettre d'une voix où la gravité monacale du latin semblait résonner dans l'élocution du portugais courant dans lequel il s'exprimait, Il dit qu'il ne sait pas encore clairement quand il partira pour vienne, peut-être à la mi-octobre, mais ce n'est pas certain, Et nous sommes au début d'août, annonça inutilement la reine, L'archiduc dit aussi, sire, que si votre altesse le souhaite elle n'a pas besoin d'attendre qu'approche la date de son départ pour envoyer soliman à valladolid, Qui est ce soliman, demanda le roi d'un air dépité, il n'a pas encore reçu l'éléphant que déjà il veut en changer le nom, Soliman le magnifique, sire, le sultan ottoman, Je ne sais ce que je ferais sans vous, monsieur le secrétaire, ni comment je réussirais à savoir qui est ce fameux soliman si votre mémoire n'était là pour m'éclairer et m'orienter à tout moment, Je vous demande pardon, sire, dit le secrétaire. Un silence embarrassant s'installa, pendant lequel tous les présents évitèrent de se regarder. Le visage du fonctionnaire, après un afflux rapide de sang, était à présent livide. C'est moi qui dois demander pardon, dit le roi, et je le demande sans gêne aucune, sauf celle de ma conscience, Sire, balbutia pêro de alcáçova carneiro, qui suis-je pour vous pardonner quoi que ce soit, Vous êtes mon secrétaire, à qui je viens de manquer de respect, Je vous en supplie, sire. Le roi fit un geste pour imposer le silence et dit enfin, Salomon, car il continuera à s'appeler ainsi aussi longtemps qu'il sera ici, n'imagine pas les remous qu'il a suscités parmi nous depuis le jour où j'ai décidé de l'offrir à l'archiduc, je pense qu'au fond personne ici ne souhaite qu'il s'en aille, c'est bizarre, salomon n'est pas un chat qui se frotte à nos jambes, il n'est pas un chien qui nous regarde comme si nous étions son créateur, et pourtant nous voici plongés dans l'affliction, presque dans le désespoir, comme si on nous arrachait quelque chose, Personne n'aurait exprimé cela mieux que votre altesse, dit le secrétaire, Revenons à nos moutons, où en étions-nous restés dans cette histoire d'envoi de salomon à valladolid, demanda le roi, L'archiduc écrit qu'il serait bon qu'il ne tarde pas trop afin de s'accoutumer au changement de personnes et d'environnement, le mot latin utilisé ne signifie pas exactement cela, mais c'est le meilleur que je puisse trouver en cet instant, Inutile de vous creuser davantage la cervelle, nous avons compris, déclara le roi. Après une minute de réflexion il ajouta, Monsieur le maître écuyer sera responsable de l'organisation de l'expédition, deux hommes aideront le cornac dans son travail, plusieurs autres se chargeront de l'approvisionnement en eau et en fourrage, il faudra un char à bœufs pour transporter tout ce qui sera nécessaire, la cuve, par exemple, même s'il est vrai que dans notre portugal les fleuves et les rivières où salomon pourra boire et patauger ne manqueront pas, mais il en ira différemment dans cette maudite castille, aride et desséchée comme un os exposé au soleil et, à la queue du cortège, un peloton de cavalerie au cas improbable où quelqu'un s'aviserait de vouloir dérober notre petit salomon, monsieur le maître écuyer informera du déroulement de l'affaire monsieur le secrétaire d'état à qui je demande pardon de le mêler à ces questions triviales, Elles ne sont pas triviales, sire, en ma qualité de secrétaire, cette question me concerne très particulièrement, car ce que nous faisons ici n'est rien moins qu'aliéner un bien appartenant à l'état, Salomon n'a sûrement jamais pensé qu'il était un bien appartenant à l'état, dit le roi avec un demi-sourire, Il suffirait qu'il se soit rendu compte que l'eau et le fourrage ne lui tombaient pas du ciel, sire. Quant à moi, intervint la reine, j'ordonne et mande que personne ne s'avise de venir m'annoncer que salomon est parti, je m'en enquerrai quand bon me semblera, et alors on m'informera. Le dernier mot s'entendit à peine, comme si un pleur avait subitement serré la royale gorge. Une reine en pleurs est un spectacle dont par décence nous avons tous l'obligation de détourner les yeux. Ce que firent le roi, le secrétaire d'état et le maître écuyer. Ensuite, lorsque la reine fut sortie et que l'on cessa d'entendre le froufroutement de ses jupes balayant le sol, le roi se souvint, C'est ce que je disais, nous ne voulons pas que salomon s'en aille, Votre altesse a encore le temps de se repentir, dit le secrétaire, Je crois que je me repens, mais c'est déjà trop tard, salomon est déjà en route, Votre altesse a des questions plus importantes à traiter, elle ne permettra pas à un éléphant d'occuper le centre de ses préoccupations, Comment s'appelle le cornac, demanda soudain le roi, Subhro, je crois, sire, Qu'est-ce que cela signifie, Je ne sais pas, mais je pourrais le demander, Demandez-le, je veux savoir entre quelles mains sera salomon, Les mêmes que celles entre lesquelles il était avant, sire, permettez-moi de vous rappeler que l'éléphant est venu des indes avec ce cornac, Être loin ou être près c'est différent, jusqu'à aujourd'hui je ne m'étais pas soucié de savoir comment l'homme s'appelle, maintenant j'ai envie de le savoir, Je comprends, sire, C'est ce qui me plaît chez vous, vous n'avez pas besoin qu'on vous dise les choses en toutes lettres pour comprendre de quoi on vous parle, J'ai eu un bon maître en mon père et votre altesse n'en est pas un de moindre valeur, À première vue cet éloge ne vaut pas grand-chose, mais comme c'est votre père qui en est la mesure je me tiens pour satisfait, Votre altesse me permet-elle de me retirer, demanda le secrétaire, Allez, allez travailler, et n'oubliez pas les vêtements neufs pour le cornac, comment avez-vous dit qu'il s'appelle, Subhro, sire, avec un h, Bien.

Dix jours après cette conversation, le soleil pointait à peine à l'horizon, salomon sortit de l'enclos où deux années durant il avait vivoté. La caravane était ce qui avait été annoncé, le cornac, qui présidait, là-haut, assis sur les épaules de l'animal, les deux hommes censés l'aider dans tout ce qui viendrait à être nécessaire, les autres devant assurer l'approvisionnement, le char à bœufs avec la cuve d'eau que les accidents du chemin faisaient sans cesse osciller d'un côté à l'autre, et un gigantesque chargement de ballots de fourrage varié, le peloton de cavalerie responsable de la sécurité du voyage et de l'arrivée de tous à bon port, et enfin, quelque chose auquel le roi n'avait pas pensé, un chariot pour l'intendance des forces armées tiré par deux mules. L'heure, extrêmement matinale, et le secret dans lequel le départ avait été organisé expliquaient l'absence de curieux et autres témoins, il convient néanmoins de signaler la présence d'un carrosse du palais qui se mit en branle dans la direction de lisbonne lorsque éléphant et compagnie disparurent derrière la première courbe de la route. À l'intérieur se trouvaient le roi de portugal, dom joão, le troisième du nom, et son secrétaire d'état, pêro de alcáçova carneiro, que nous ne verrons peut-être plus jamais, ou peut-être si, quand même, car la vie se rit des prévisions et met des paroles là où nous imaginons des silences, et des retours inopinés quand nous pensions ne plus jamais nous rencontrer. J'ai oublié la signification du nom du cornac, que veut-il dire, demandait le roi, Blanc, sire, subhro veut dire blanc, même si le cornac n'a pas l'air de l'être. Dans une chambre du palais, dans la demi-obscurité du baldaquin, la reine dort et a un cauchemar. Elle rêve que salomon a quitté belém, elle rêve qu'elle demande à tout un chacun, Pourquoi ne m'avez-vous pas avertie, mais quand elle se décidera à se réveiller vers le milieu de la matinée, elle ne répétera pas la question et elle ne saura dire si elle la posera un jour de sa propre initiative. Il se peut que dans deux ou trois ans quelqu'un prononce fortuitement devant elle le mot éléphant et alors, certainement, alors la reine de portugal, catherine d'autriche, demandera, Et puisque vous parlez d'éléphant, qu'est donc devenu salomon, est-il encore à belém ou l'a-t-on déjà expédié à vienne, et quand on lui répondra que bien qu'étant à vienne il se trouve dans une espèce de jardin zoologique avec d'autres animaux sauvages, elle dira, feignant l'ignorance, Quelle chance a fini par avoir cet animal, de jouir de la vie dans la plus belle ville du monde, alors que moi je suis coincée ici, entre aujourd'hui et le futur, sans espoir ni dans l'un ni dans l'autre. Le roi, s'il est présent, fera semblant de ne pas avoir entendu, et le secrétaire d'état, ce même pêro de alcáçova carneiro que nous connaissons déjà, bien qu'il ne soit pas homme à prier, il suffit de rappeler ce qu'il a dit de l'inquisition et surtout ce qu'il jugea prudent de taire, lancera une supplique muette aux cieux afin qu'ils recouvrent l'éléphant d'un épais manteau d'oubli qui modifiera ses formes et l'assimilera dans les imaginations paresseuses à un quelconque dromadaire, bête également à l'aspect bizarre, ou à un vulgaire chameau, que la fatalité de devoir porter deux bosses n'a pas gâté et qui flatte beaucoup moins la mémoire de qui s'intéresserait à ces histoires insignifiantes. Le passé est un immense champ de pierres que nombre de personnes aimeraient à parcourir comme s'il s'agissait d'une autoroute, pendant que d'autres vont patiemment d'une pierre à une autre, les soulevant car il leur faut savoir ce qu'il y a dessous. Parfois il en émerge des scorpions ou des scolopendres, de gros enroulements blancs ou des chrysalides prêtes à émerger, mais il n'est pas impossible qu'au moins une fois un éléphant apparaisse et que cet éléphant transporte sur ses épaules un cornac nommé subhro, nom qui veut dire blanc, mot totalement inadapté au personnage qui se présenta à la vue du roi de portugal et de son secrétaire d'état dans l'enclos de belém, aussi immonde que l'éléphant dont il était censé s'occuper. Il y a de bonnes raisons pour comprendre le dicton qui nous avertit avec sagesse que la meilleure étoffe n'est pas à l'abri d'une tache et c'est ce qui arriva au cornac et à son éléphant. Quand ils furent jetés là, la curiosité populaire fut à son comble et la cour elle-même organisa des excursions de bon ton à belém composées de gentilshommes et de gentes dames, de messieurs et de dames pour voir l'éléphant, mais très vite l'intérêt commença à faiblir, et le résultat ne tarda pas à se faire sentir, les vêtements indiens du cornac se transformèrent en haillons et les poils et les mouchetures de l'éléphant disparurent presque sous la croûte de crasse accumulée au cours de deux années. Cependant, ce n'est plus le cas à présent. À part l'inévitable poussière des chemins qui salit ses pattes jusqu'à mi-hauteur, salomon avance avec grâce et propre comme une patène, et le cornac, bien que sans ses vêtements indiens très colorés, resplendit dans son nouvel habit de travail que par-dessus le marché il n'eut pas à payer, qu'il s'agisse d'un oubli ou de générosité. À califourchon sur l'emboîtement du cou avec le tronc massif de salomon, maniant le bâton avec lequel il conduit sa monture, soit au moyen de petits frappements légers, soit au moyen de coups d'une pique punisseuse qui entament sa peau coriace, le cornac subhro, ou blanc, s'apprête à être le deuxième ou le troisième personnage de cette histoire, le premier étant par primauté naturelle et du fait de son rôle essentiel l'éléphant salomon, et ensuite, le disputant en qualités, tantôt celui-ci, tantôt celui-là, tantôt à cause de ceci, tantôt de cela, ledit subhro et l'archiduc. Toutefois, pour l'instant, c'est le cornac qui mène la danse. En regardant d'un côté et de l'autre la caravane, il y aperçut une certaine dysharmonie, compréhensible si l'on prend en considération la diversité des animaux qui la composent, à savoir, l'éléphant, les hommes, les chevaux, les mules et les bœufs, chacun ayant son allure particulière, tant naturelle que forcée, car il est évident que dans ce voyage personne ne pourra avancer plus vite que le plus lent, lequel est, comme on sait, le bœuf. Les bœufs, dit subhro, subitement alarmé, où sont les bœufs. On n'en voyait pas l'ombre, ni de la lourde charge qu'ils traînaient, la cuve remplie d'eau, les ballots de fourrage. Ils sont demeurés en arrière, pensa-t-il, rassuré, il ne reste plus qu'à les attendre. Il s'apprêtait à se laisser glisser du haut de l'éléphant, mais il se ravisa. Il lui faudrait peut-être remonter dessus sans y parvenir. En principe c'était l'éléphant lui-même qui le hissait là-haut avec sa trompe et qui le posait pratiquement sur son siège. Toutefois, la prudence lui ordonnait de prévoir ces situations où l'animal, mal luné, irrité ou simplement par esprit de contradiction, se refuserait à servir d'ascenseur, et c'est là que l'échelle entrerait en action, encore qu'il soit difficile de croire qu'un éléphant en colère accepte de devenir un simple point d'appui et permette, sans opposer la moindre résistance, au cornac ou à quiconque de grimper. La valeur de l'échelle était purement symbolique, comme un reliquaire sur la poitrine ou une petite médaille avec la représentation d'une quelconque sainte. Dans ce cas-ci, de toute façon, l'échelle ne pouvait lui être d'aucun secours, elle était rangée sur le chariot des retardataires. Subhro appela un de ses assistants pour qu'il aille prévenir le commandant du peloton de cavalerie qu'il faudrait attendre le char à bœufs. Le repos ferait du bien aux chevaux qui, à vrai dire, n'avaient pas eu à faire de grands efforts, pas le moindre galop, pas le moindre trot, tout le trajet à un petit pas tranquille depuis lisbonne. Rien qui ressemblât à l'expédition du maître écuyer à valladolid, toujours vivante dans la mémoire de certains qui en avaient fait partie, vétérans de cette chevauchée héroïque. Les cavaliers mirent pied à terre, les hommes qui marchaient s'assirent ou s'étendirent sur le sol, nombre d'entre eux en profitèrent pour faire un petit somme. Juché sur l'éléphant, le cornac fit le bilan du voyage et ne fut pas satisfait. À en juger d'après la hauteur du soleil, ils devaient avoir cheminé pendant environ trois heures, façon de calculer beaucoup trop laxiste car une bonne partie de ce temps avait été consacrée par salomon à des bains dans le tage qu'il alternait avec de voluptueux pataugements dans la boue, lesquels à leur tour, en vertu de la logique éléphantine, requéraient de nouveaux bains encore plus prolongés. Il était évident que salomon était excité, nerveux, le cornaquer allait nécessiter beaucoup de patience, il fallait surtout ne pas trop le prendre au sérieux. Les espiègleries de salomon nous ont bien fait perdre une heure, pensa le cornac, puis, passant d'une réflexion sur le temps à une méditation sur l'espace, Quelle distance avons-nous parcourue, une lieue, deux, se demanda-t-il. Doute cruel, question transcendantale. Si nous étions encore chez les anciens grecs et romains nous dirions, avec la tranquillité que confèrent immanquablement les savoirs acquis dans la vie pratique, que les grandes mesures itinéraires à cette époque étaient le stade, le mille et la lieue. Laissant en paix le stade et le mille, avec leur division en pieds et en pas, retenons la lieue, qui fut le mot employé par subhro, distance qui elle aussi se composait de pas et de pieds, mais qui présente l'énorme avantage de nous placer en terre connue. Allons, allons, tout le monde sait ce qu'est une lieue, diront avec un inévitable sourire facile les contemporains qui nous sont échus en partage. La meilleure réponse que nous puissions leur donner est la suivante, Oui, tout le monde le savait aussi à l'époque où ces gens-là ont vécu, mais seulement et uniquement à l'époque où ils ont vécu. Le vieux mot lieue, venant du latin leuca qui, pourrait-on croire, semblait pareil pour tout le monde et tous les temps, a fait par exemple un long voyage depuis les sept mille cinq cents pieds ou les mille cinq cents pas entre les romains et le bas moyen âge jusqu'aux kilomètres et mètres dans lesquels nous divisons aujourd'hui la distance, rien moins que cinq et cinq mille, respectivement. Nous trouverions des cas analogues pour n'importe quelle mesure. Et pour ne pas laisser cette affirmation sans preuve, penchons-nous sur le muid, mesure de capacité qui se divisait en douze canons ou quarante-huit chopines et qui équivalait à lisbonne, en chiffres ronds, à seize litres et demi, et à porto à vingt-cinq litres. Et comment s'y retrouvaient-ils, demandera le lecteur curieux et amoureux du savoir. Et comment nous y retrouvons-nous, demande en éludant la question celui qui a mis sur le tapis cette affaire de poids et mesures. Affaire qui, après avoir été exposée avec cette clarté méridienne, nous permettra d'adopter une décision absolument cruciale, d'une certaine manière révolutionnaire, à savoir que tandis que le cornac et ceux qui l'accompagnent, car ils n'auraient pas d'autres façons de se comprendre, continueront à parler de distances conformément aux us et coutumes de leur temps, nous, afin d'être en mesure de comprendre ce qui se passe en la matière, emploierons nos mesures itinéraires modernes, sans avoir à recourir constamment à de fastidieuses tables de conversion. Ce sera au fond comme si, dans un film, chose inconnue en ce seizième siècle, nous collions des sous-titres dans notre langue pour suppléer à l'ignorance ou à une connaissance insuffisante de la langue parlée par les acteurs. Nous tiendrons donc dans ce récit deux discours parallèles qui ne se rencontreront jamais, un, celui-ci, que nous pourrons suivre sans difficulté, et l'autre, qui désormais entre dans le silence. Solution intéressante.

Toutes ces observations, réflexions et cogitations poussèrent le cornac à descendre finalement de l'éléphant en se laissant glisser le long de sa trompe et à se diriger d'un pas décidé vers le peloton de cavalerie. Il était facile de repérer où se trouvait le commandant. Il y avait là une manière d'auvent qui protégeait sûrement un personnage du féroce soleil d'août, il était donc facile d'en conclure que là où il y avait un auvent il y avait dessous un commandant et s'il y avait un commandant il y aurait un auvent pour l'abriter. Le cornac avait une idée qu'il ne savait comment glisser dans la conversation, mais sans le savoir le commandant lui facilita la tâche, Alors ces bœufs, ils arrivent ou ils n'arrivent pas, demanda-t-il, Que votre seigneurie sache que je ne les vois pas encore, mais vu l'heure ils doivent être en route, Espérons que c'est le cas. Le cornac prit une grande inspiration et dit d'une voix rendue rauque par l'émotion, Si votre seigneurie le permet, j'ai eu une idée, Si tu l'as déjà eue, tu n'as pas besoin de ma permission, Votre seigneurie a raison, mais moi, le portugais, je le parle mal, Alors dis-nous-la ton idée, Notre difficulté, c'est les bœufs, Oui, ils ne sont pas encore arrivés, Ce que je veux dire à votre seigneurie, c'est que le problème subsistera même après leur arrivée, Pourquoi, Parce que les bœufs avancent lentement par nature, monsieur, Cela je le sais, je n'ai pas besoin qu'un indien me le dise, Si nous avions une autre paire de bœufs et si nous l'attelions à la charrette devant celle qui la tire, nous avancerions sûrement plus vite et tous au même rythme, L'idée me paraît bonne, mais où allons-nous dénicher une paire de bœufs, Il y a par ici des villages, mon commandant. Le commandant fronça les sourcils, il ne pouvait nier l'existence de villages dans les environs, on pourrait y acheter une paire de bœufs. Les acheter, se demanda-t-il, absolument pas, on réquisitionne les bœufs au nom du roi et au retour de valladolid on les laisse ici, en aussi bon état qu'ils sont présentement, j'espère. On entendit une clameur, les bœufs étaient enfin apparus, les hommes applaudissaient et même l'éléphant leva la trompe et poussa un barrissement de satisfaction. Sa mauvaise vue ne lui permettait pas d'apercevoir les ballots de fourrage dans le lointain, mais la protestation qu'il était plus que l'heure de manger se réverbérait en écho dans l'immense caverne de son estomac. Ceci ne signifie pas que les éléphants doivent s'alimenter à heures fixes comme on dit qu'il convient que les êtres humains le fassent pour des raisons de santé. Aussi étonnant que cela puisse paraître, un éléphant a besoin quotidiennement d'environ deux cents litres d'eau et entre cent cinquante et trois cents kilos de matières végétales. Nous ne pouvons donc pas l'imaginer, une serviette autour du cou, assis à une table, faisant ses trois repas par jour, un éléphant mange ce qu'il peut, quand il le peut et où il le peut, et il a pour principe de ne rien laisser derrière lui qui puisse lui manquer par la suite. Il fallut attendre encore une demi-heure avant que le char à bœufs n'arrive. Entre-temps, le commandant donna l'ordre d'installer le bivouac, mais pour ce faire il fut nécessaire de trouver un endroit moins directement frappé par le soleil, avant que militaires et civils ne se transforment en lardons frits. Il y avait à une cinquantaine de mètres un bosquet de peupliers et c'est là que la compagnie se dirigea. Les ombres étaient maigres, mais cette maigreur-là valait mieux que rester à rôtir sous la plaque inclémente de l'astre roi. Les hommes venus pour travailler et à qui jusqu'à présent l'on n'avait pas ordonné grand-chose, pour ne pas dire rien de rien, transportaient leurs provisions dans une besace ou dans leur bonnet, la même chose que d'habitude, un épais morceau de pain, des sardines séchées, des figues, un bout de fromage de chèvre, du genre qui lorsqu'il devient dur est comme une pierre et en réalité impossible à mastiquer, il faut le ronger patiemment, avec l'avantage qu'on jouit plus longtemps de la saveur de ce mets délicieux. Quant aux militaires, ils avaient leur propre arrangement. Un soldat de la cavalerie, lancé au galop pour charger l'ennemi sabre au clair ou lance au poing, ou qui conduit simplement un éléphant à valladolid, n'a pas à se préoccuper de problèmes d'intendance. Cela ne l'intéresse pas de savoir d'où vient la nourriture ni qui l'a préparée, ce qui compte c'est que son écuelle soit remplie et que le brouet ne soit pas totalement immangeable. Dispersés, en groupes, déjà tous sont occupés à mastiquer et à déglutir, il ne manque que salomon. Subhro, le cornac, ordonne que l'on porte deux ballots là où l'éléphant attend son tour, qu'on les défasse et qu'on laisse l'animal en paix. En cas de besoin, on lui apportera un autre ballot, dit-il. Cette description, qui paraîtra à bien des lecteurs triviale à cause des détails excessifs auxquels nous recourons délibérément, a un but utile, lequel consiste à activer l'esprit de subhro afin qu'il aboutisse à une conclusion optimiste sur l'avenir du voyage, Puisque, pensa-t-il enfin, salomon devra manger au moins trois ou quatre ballots par jour, le poids de la charge ira en s'allégeant, et si en plus nous réussissons à nous procurer cette paire de bœufs, alors malgré toutes les montagnes que nous rencontrerons en chemin personne ne pourra nous arrêter. Avec les bonnes idées, et parfois aussi avec les mauvaises, il se passe la même chose qu'avec les atomes de démocrite ou avec les cerises dans un panier, elles arrivent accrochées les unes aux autres. En imaginant les bœufs en train de tirer la charrette sur une côte escarpée, subhro comprit qu'une erreur avait été commise dans la composition de la caravane et que cette erreur n'avait pas été corrigée pendant tout le temps qu'avait duré la marche, faute dont il se sentait responsable. Les trente hommes venus pour aider, subhro prit la peine de les compter un à un, n'avaient rien fait depuis qu'ils avaient quitté lisbonne, sauf profiter de la matinée pour se balader à la campagne. Pour attacher et détacher les ballots de fourrage, les auxiliaires directs seraient plus que suffisants et, éventuellement, lui-même pourrait donner un coup de main. Que faire alors, les renvoyer, me libérer de ce poids, se demanda subhro. L'idée serait bonne s'il n'y en avait pas une meilleure. Cette pensée fit éclore un sourire éclatant sur le visage du cornac. Il poussa un cri pour convoquer les hommes, les réunit devant lui, certains mâchouillaient encore leur dernière figue séchée, et il leur dit, À partir de maintenant, vous allez vous diviser en deux groupes, vous ici, vous là-bas, et vous aiderez le char à bœufs en tirant et en poussant, la charge est visiblement trop lourde pour les bêtes, qui en plus sont lentes par nature, les groupes se relaieront tous les deux kilomètres, ce sera votre travail principal jusqu'à notre arrivée à valladolid. Un murmure, qui avait tout l'air d'être de mécontentement, s'éleva, mais subhro fit semblant de ne pas l'avoir entendu et il continua, Chaque groupe sera dirigé par un chef d'équipe qui, outre qu'il répondra auprès de moi des bons résultats du travail, devra veiller à faire régner la discipline et l'esprit de cohésion indispensables à toute tâche collective. Ce langage n'avait sans doute pas plu aux auditeurs car le murmure se renouvela. Très bien, dit subhro, si quelqu'un n'est pas satisfait des ordres que je viens de donner, il n'aura qu'à s'adresser au commandant, c'est lui l'autorité suprême ici, en sa qualité de représentant du roi. L'air sembla s'être brusquement refroidi, le murmure fut remplacé par un traînement gêné de pieds. Subhro demanda, Qui se propose pour être chef d'équipe. Trois mains hésitantes se levèrent et le cornac précisa, Deux chefs d'équipe, pas trois. Une des mains battit en retraite et disparut, les autres restèrent levées. Toi et toi, subhro les désigna, choisissez vos hommes, mais faites-le d'une manière équitable afin que les forces des deux groupes soient équilibrées, et maintenant rompez les rangs, il faut que je parle au commandant. Auparavant, toutefois, il dut encore s'occuper d'un de ses assistants qui s'était approché pour l'informer qu'ils avaient ouvert un autre ballot de fourrage, mais que salomon semblait repu et, d'après tous les indices, avait envie de dormir, Ça n'a rien d'étonnant, il a bien mangé et c'est l'heure habituelle de sa sieste. L'ennui, c'est qu'il a bu presque toute l'eau de la cuve, C'est normal après avoir tant mangé, Nous pourrions mener les bœufs au fleuve, il doit bien y avoir un chemin par là, L'éléphant ne boirait pas, l'eau est encore salée à cette hauteur du fleuve, Comment le savez-vous, demanda l'assistant, Salomon s'y est baigné quantité de fois, la dernière ici tout près, et il n'y a jamais trempé sa trompe pour boire, Si l'eau de mer arrive jusqu'ici, cela montre que nous avons très peu avancé, C'est certain, mais à partir d'aujourd'hui, tu peux être sûr que nous allons marcher plus vite, parole de cornac. Après cet engagement solennel, subhro partit à la recherche du commandant. Il le trouva en train de dormir à l'ombre d'un peuplier plus touffu, de ce sommeil léger qui distingue le bon soldat, prêt à sauter sur ses armes au moindre bruit suspect. Deux militaires montaient la garde et d'un geste impérieux ordonnèrent à subhro de s'arrêter. Celui-ci leur fit signe qu'il avait compris et s'assit par terre pour attendre. Le commandant se réveilla une demi-heure plus tard, il s'étira et bâilla, recommença à bâiller, recommença à s'étirer, jusqu'à se sentir effectivement réveillé pour la vie. Ce qui ne l'empêcha pas de devoir regarder par deux fois avant de s'apercevoir de la présence du cornac, Que veux-tu maintenant, demanda-t-il d'une voix rocailleuse, ne me dis pas que tu as eu d'autres idées, Que votre seigneurie sache que oui, Raconte, J'ai divisé les hommes en deux groupes qui, à tour de rôle, tous les deux kilomètres, aideront les bœufs, quinze hommes chaque fois pousseront la charrette, la différence se remarquera, Bien pensé, ça ne fait aucun doute, je vois que ce que tu as sur les épaules te sert à quelque chose, ce seront mes chevaux qui en sortiront gagnants, ils pourront de temps en temps trotter, au lieu d'avancer dans cet hébétement de pas de parade, Que votre seigneurie sache que j'ai aussi pensé à cela, Et as-tu encore pensé à autre chose, je le lis sur ton visage, demanda le commandant, Que votre seigneurie sache que c'est le cas, Voyons un peu, Mon idée c'est que nous devrions nous organiser en fonction des habitudes et des besoins de salomon, en ce moment même, votre seigneurie, il dort, si nous le réveillions il serait irrité et ne ferait que nous causer des ennuis, Mais comment peut-il dormir puisqu'il est debout, demanda le commandant d'un ton incrédule, Il se couche parfois pour dormir, mais normalement il dort debout, Je crois que jamais je ne comprendrai les éléphants, Que votre seigneurie sache que je vis avec eux presque depuis ma naissance et je n'y suis pas encore parvenu non plus, Comment est-ce possible, Peut-être parce que l'éléphant est beaucoup plus qu'un éléphant, Assez bavardé, C'est que j'avais encore une idée à vous soumettre, mon commandant, Une autre idée, s'esclaffa le militaire, finalement tu n'es pas un cornac, tu es une corne d'abondance, Votre seigneurie est trop aimable, Qu'as-tu donc encore concocté dans ta cervelle privilégiée, J'ai pensé que nous serions bien organisés si votre seigneurie fermait la caravane avec ses soldats, le char à bœufs irait devant puisque c'est lui qui détermine l'allure de la marche, ensuite je viens moi avec l'éléphant, puis la piétaille et la charrette de l'intendance, Très bien, voilà ce qui s'appelle une idée. C'est bien ce qui me semblait, Je veux dire une idée stupide, Pourquoi, demanda subhro, vexé, sans se rendre compte du gravissime manque d'éducation, de l'authentique offense que représentait cette interpellation directe, Parce que mes soldats et moi mangerions la poussière que vos pattes à tous soulèveraient, Ah, quelle honte, j'aurais dû penser à ça et je n'y ai pas pensé, j'implore votre seigneurie, par tous les saints de la cour céleste, de me pardonner, Comme ça nous pourrons galoper de temps en temps et attendre votre arrivée plus loin, Oui, mon commandant, c'est la solution idéale, me permettez-vous de me retirer, demanda subhro, J'ai encore deux questions à traiter avec toi, la première c'est que si tu recommences à me demander pourquoi sur le ton avec lequel tu l'as fait tout à l'heure, j'ordonnerai qu'on t'applique une bonne ration de coups de fouet sur les reins, Oui, mon commandant, murmura subhro, tête baissée, La seconde concerne ta petite tête et le voyage qui a à peine commencé, si tu as encore un reste d'idées utilisables dans ta caboche j'aimerais savoir si ta volonté est que nous restions ici éternellement, jusqu'à la consommation des siècles, Salomon dort encore, mon commandant, Alors, c'est l'éléphant qui gouverne ici, demanda le commandant mi-agacé, mi-amusé, Non, mon commandant, vous vous souviendrez sûrement que je vous ai dit que nous devrions nous organiser en fonction, j'avoue ne pas savoir d'où m'est sorti ce mot, des habitudes et des besoins de salomon, Oui, et après, demanda le commandant, qui déjà perdait patience, Mon commandant, c'est que salomon, pour se sentir bien, pour que nous puissions le remettre en bonne santé à l'archiduc d'autriche, devra se reposer aux heures chaudes, D'accord, répondit le commandant, légèrement troublé par l'allusion à l'archiduc, mais la vérité est qu'il n'a guère fait autre chose de toute la sainte journée, Aujourd'hui ne compte pas, mon commandant, c'est le premier jour et l'on sait que les choses se passent toujours mal le premier jour, Alors, qu'est-ce qu'on fait, On divise les jours en trois parties, la première, tôt le matin, et la troisième, jusqu'au coucher du soleil, pour avancer le plus vite possible, la deuxième, dans laquelle nous sommes en ce moment, pour manger et se reposer, Ça me semble un bon programme, dit le commandant, optant pour la bienveillance. Le changement de ton encouragea le cornac à exprimer l'inquiétude qui l'avait taraudé toute la journée, Mon commandant, il y a quelque chose dans ce voyage que je ne comprends pas, Qu'est-ce que tu ne comprends pas, Pendant tout le chemin nous n'avons croisé personne, à mon humble avis ce n'est pas normal, Tu te trompes, nous avons croisé pas mal de gens, tant dans une direction que dans l'autre, Comment cela, je ne les ai pas vus, dit subhro en écarquillant les yeux de stupéfaction, Tu étais en train de baigner l'éléphant, Voulez-vous dire que chaque fois que salomon se baignait, des gens passaient, Ne me force pas à répéter, Quelle coïncidence étrange, j'ai même l'impression que salomon ne veut pas être vu, C'est possible, Mais maintenant que nous campons ici depuis plusieurs heures, personne n'est passé non plus, Là, la raison est autre, les gens aperçoivent l'éléphant de loin, comme une apparition, et ils rebroussent chemin ou prennent des chemins de traverse, ils pensent peut-être que c'est un suppôt du diable, Je commence à avoir mal au crâne, j'en suis venu à penser que le roi notre seigneur avait fait dégager les routes, Tu n'es pas assez important, cornac, Moi, non, salomon, si. Le commandant préféra ne pas répondre à ce qui semblait être le début d'une nouvelle discussion et dit, Avant que tu ne t'en ailles, je voudrais te poser une question, Je suis tout ouïe, Te souviens-tu d'avoir invoqué il y a peu tous les saints de la cour céleste, Oui, mon commandant, Cela veut-il dire que tu es chrétien, réfléchis bien avant de répondre, Plus ou moins, mon commandant, plus ou moins.

Pleine lune, clair de lune d'août. À l'exception des deux sentinelles montées sur leurs chevaux, qui effectuent une ronde dans le campement, sans autre bruit que le grincement des harnais, toute la caravane dort. Elle profite d'un repos plus que mérité. Après avoir donné pendant la première partie de la journée la mauvaise impression d'être une bande de vagabonds et de fainéants, les hommes enrôlés pour pousser le char à bœufs s'étaient piqués d'amour-propre et avaient fourni une authentique leçon de professionnalisme. Il est vrai que le terrain plat avait beaucoup aidé, mais on pouvait parier, avec la certitude de gagner, que dans la vénérable histoire de ce char à bœufs il n'y avait jamais eu de voyage semblable. Pendant les trois heures et demie que dura la course, et malgré quelques brefs répits, ils parcoururent plus de dix-sept kilomètres. Ce fut le chiffre finalement noté par le commandant du peloton après un vif échange de mots avec le cornac subhro qui estimait que les kilomètres n'étaient pas aussi nombreux et qu'il ne valait pas la peine de se leurrer soi-même. Le commandant était d'un avis contraire, trouvant que cela stimulait les hommes, Quelle importance que nous en ayons parcouru seulement quatorze, les trois qui manquent nous les parcourrons demain et à la fin tu verras que tout ira bien. Le cornac renonça à le convaincre, J'ai fait de mon mieux, si ses faux calculs l'emportent, ça ne changera pas la réalité des kilomètres réellement parcourus, ne discute pas avec celui qui commande, subhro, apprends donc à vivre.

Il venait de se réveiller et avait encore l'impression d'avoir ressenti une douleur aiguë dans le ventre pendant qu'il dormait, mais il ne pensait pas qu'elle se répéterait, il sentait pourtant ses intérieurs bizarrement remués, avec des borborygmes sourds dans ses entrailles, et brusquement la douleur revint, comme un coup de couteau. Il se leva tant bien que mal, fit signe à la sentinelle la plus proche qu'il lui fallait s'éloigner un instant et se mit à gravir en direction d'une épaisse rangée d'arbres la pente douce sur laquelle ils avaient établi leur campement, si douce que c'était comme s'ils étaient étendus dans un lit au chevet légèrement surélevé. Détournons le regard pendant qu'il défait ses vêtements que par miracle il n'a pas encore souillés et attendons qu'il relève la tête pour voir ce que nous avons déjà aperçu, ce village baigné par le merveilleux clair de lune d'août qui modelait tous les reliefs, adoucissait toutes les ombres qu'il avait créées lui-même et en même temps faisait resplendir les zones qu'il éclairait. La voix que nous attendions se fit enfin entendre, Un village, un village. Probablement parce qu'ils étaient arrivés fatigués, personne n'avait eu l'idée de gravir la pente pour voir ce qu'il y avait de l'autre côté. Il est vrai qu'on a toujours le temps de voir un village, si ce n'est pas celui-là ce sera un autre, mais il est douteux que dans le premier qu'on rencontre il y ait, nous attendant, une puissante paire de bœufs capable de redresser la tour de pise d'une seule traction. S'étant soulagé du plus gros, le cornac se torcha du mieux qu'il put avec les herbes qui poussaient à l'entour, il eut beaucoup de chance que des renouées, appelées aussi sanguinaires, ne se trouvassent pas par là, car elles l'auraient fait sauter en l'air comme s'il avait la danse de saint-guy, tellement les brûlures et les picotements qui eussent attaqué ses délicates muqueuses inférieures eussent été vives. Un épais nuage cacha la lune et le village devint soudain noir, disparaissant comme un rêve dans l'obscurité environnante. Peu importait, le soleil ferait irruption l'heure venue et montrerait le chemin vers l'étable où les bœufs, à présent en train de ruminer, avaient le pressentiment d'un changement de vie. Subhro traversa l'épaisse rangée d'arbres et revint à sa place dans la chambrée commune. En chemin il se dit que si le commandant était réveillé, il lui donnerait la meilleure nouvelle du monde, pour parler en termes planétaires. Et la gloire d'avoir découvert le village serait mienne, murmura-t-il. Car ce n'était pas la peine de se bercer d'illusions. Pendant ce qui restait encore de la nuit d'autres hommes pouvaient ressentir le besoin de se soulager et l'unique endroit où ils pouvaient le faire discrètement c'était au milieu de ces arbres, mais à supposer que cela n'arrive pas, il faudra juste attendre qu'il fasse jour pour assister au défilé de tous ceux qui devront obéir aux exigences de leurs intestins et de leur vessie. Au fond, tous ces hommes ne sont que des animaux, il ne faut pas s'en étonner. Ne se résignant pas, le cornac décida de faire un détour du côté où dormait le commandant, qui sait, parfois les gens ont des insomnies, ils se réveillent angoissés car dans leurs rêves ils croient être morts, ou alors c'est une punaise, parmi les innombrables qui se cachent dans les ourlets des couvertures, venue sucer le sang du dormeur. Nous informons ici le lecteur que la punaise fut à son insu l'inventeur des transfusions sanguines. Espoir frustré, le commandant dormait, et non seulement il dormait, mais encore il ronflait. Une sentinelle vint demander au cornac ce qu'il faisait là et subhro répondit qu'il avait un message à transmettre au commandant, mais que vu que celui-ci était endormi, il allait retourner se coucher, À ces heures-ci, on ne transmet de message à personne, on attend qu'il fasse jour, C'était important, répondit le cornac, mais comme dit la philosophie de l'éléphant, si c'est impossible, c'est impossible, Si tu veux me donner le message, je le transmettrai dès qu'il se réveillera. Le cornac pesa les probabilités favorables et estima que cela valait la peine de miser sur cette unique carte, celle que le commandant eût déjà été informé par la sentinelle de l'existence du village, quand, dès la première lueur de l'aube, on entendrait le cri, Bonne nouvelle, qui mérite récompense, il y a un village ici. La dure expérience de la vie nous a enseigné qu'en général il ne fallait pas trop se fier à la nature humaine. Désormais, nous savons que, au moins pour garder des secrets, il ne faut pas non plus faire confiance à l'arme de la cavalerie. Il advint qu'avant même que le cornac ne se fût rendormi, déjà l'autre sentinelle était au courant de la nouvelle, et ensuite les soldats qui dormaient le plus près. L'excitation fut considérable, l'un d'eux proposa même d'effectuer une reconnaissance dans le village afin de recueillir sur place des informations qui renforceraient, à cause de l'authenticité de leur source, la stratégie à mettre sur pied le lendemain. La crainte que le commandant ne se réveille, se lève de sa paillasse et n'aperçoive aucun de ses soldats ou, pire encore, en aperçoive un et pas les autres, les poussa à renoncer à l'aventure prometteuse. Les heures passèrent, une pâle clarté à l'orient commença à dessiner la courbure de la porte par où le soleil pénétrerait, cependant que du côté opposé la lune se laissait tomber doucement dans les bras d'une autre nuit. Sur ces entrefaites, tandis que nous retardions le moment de la révélation, nous demandant encore s'il ne serait pas possible de trouver une solution dramatique ou alors, et ce serait de l'or sur de l'azur, avec davantage de force symbolique, on entendit le cri fatal, Il y a un village ici. Absorbés par nos élucubrations, nous n'avions pas remarqué qu'un homme s'était levé et avait gravi la pente, mais maintenant, assurément, nous le voyions apparaître entre les arbres, nous l'entendions répéter l'annonce triomphale, toutefois sans demander de récompense pour la bonne nouvelle, contrairement à ce que nous avions imaginé, Il y a un village ici. C'était le commandant. Le destin, quand ça le prend, est capable d'écrire avec des lignes courbes et tortueuses aussi bien que dieu, ou même encore mieux. Assis sur sa couverture, subhro pensa, Mieux vaut ça que pire, et il pourra toujours dire au commandant qu'il s'était levé la nuit et qu'il avait été le premier à voir le village. Il risquait d'entendre le commandant lui demander d'une voix sarcastique, comme nous savons qu'il le fera, Et les témoins, tu en as, à quoi il ne pourra que répondre, en mettant métaphoriquement la queue entre les jambes, Négatif, mon commandant, j'étais seul, Tu as dû rêver, J'ai si peu rêvé que j'ai transmis l'information à un des soldats de garde pour qu'il vous la donne quand vous vous réveilleriez, mon commandant, Aucun soldat ne m'a parlé, Mais vous, mon commandant, vous pouvez lui parler, je vous dirai lequel c'est. Le commandant réagit mal à cette suggestion, Si je n'avais pas besoin de toi, je te renverrais illico à lisbonne, imagine un peu la situation dans laquelle tu te fourrerais, ce serait ta parole contre la mienne, renonce, sauf si tu as envie d'être déporté en inde. La question de savoir qui avait été officiellement le premier à découvrir le village ayant été résolue, le commandant se disposait à tourner le dos au cornac quand celui-ci dit, L'essentiel n'est pas cela, l'essentiel c'est de savoir s'il y a là-bas une paire de bœufs capables, Nous ne tarderons pas à le savoir, toi, occupe-toi de tes oignons, moi je me charge du reste, Votre seigneurie ne veut pas que j'aille au village, demanda subhro, Non, je ne veux pas, le sergent me suffit pour composer le groupe, et le bouvier. Subhro pensa que, pour cette fois au moins, le commandant avait raison. Si quelqu'un, par droit naturel, avait sa place là-dedans, c'était bien le bouvier. Le commandant s'était déjà mis en branle, donnant des instructions à droite et à gauche, au sergent, au personnel de l'intendance auquel il demanda de s'activer au ravitaillement en denrées alimentaires suffisantes pour nourrir les hommes de peine, lesquels perdraient vite leurs forces s'ils continuaient à s'alimenter de figues séchées et de pain moisi, Ceux qui ont conçu la stratégie de ce voyage, les gros bonnets de la cour, doivent penser qu'on peut vivre uniquement de l'air qu'on respire, grommela-t-il entre ses dents. Le campement était déjà levé, l'on enroulait les couvertures, l'on rangeait les outils qui étaient fort nombreux, probablement que la plupart ne seraient jamais utilisés, sauf si l'éléphant tombait dans un ravin et qu'il faille l'en extraire à l'aide d'un treuil. L'idée du commandant était de se mettre en marche quand il reviendrait du village, avec ou sans paire de bœufs. Le soleil s'était déjà décollé de la ligne d'horizon, le jour était clair, avec juste quelques nuages qui flottaient dans le ciel, espérons qu'il ne fera pas trop chaud, les muscles fondent, parfois on a même l'impression que la sueur va se mettre à bouillir sur la peau. Le commandant appela le bouvier, il lui expliqua ce qu'ils allaient faire et lui recommanda de bien observer les bêtes, s'il y en avait, car la rapidité de l'expédition et un prompt retour à lisbonne dépendraient d'elles. Le bouvier dit oui, monsieur, deux fois, encore que cela lui fût bien égal, il n'habitait pas à lisbonne, mais dans un village non loin de là appelé mem martins, ou quelque chose d'approchant. Comme le bouvier ne savait pas monter à cheval, un cas flagrant illustrant, comme on peut le voir, les conséquences négatives d'une trop grande spécialisation professionnelle, il se hissa péniblement sur la croupe du cheval du sergent et se mit à prier d'une voix que lui-même avait du mal à entendre un interminable notre père, prière qu'il aimait plus particulièrement à cause de ce qu'on y dit au sujet du pardon de nos dettes. Le mal, qui se trouve partout et parfois même laisse passer le bout de sa queue pour qu'on ne se fasse pas d'illusions sur la nature de la bête, vient dans la phrase suivante, qui dit qu'il est de notre devoir de chrétiens de pardonner à nos créanciers. Le pied n'est pas adapté à la pantoufle, ou bien c'est une chose, ou bien c'est l'autre, marmonnait le bouvier, si les uns pardonnent et que les autres ne payent pas ce qu'ils doivent où est l'intérêt de cette affaire, se demandait-il. Ils entrèrent dans la première rue du village qu'ils rencontrèrent, bien que ce fût le signe d'un esprit délirant que d'appeler cela une rue, c'était ce qui ressemblait le plus à cette époque-là à une montagne russe, et le commandant demanda à la première personne venue comment s'appelait et où habitait le principal cultivateur du lieu. L'homme, un vieux paysan avec une houe sur l'épaule, connaissait les réponses, Le principal c'est monsieur le comte, mais il n'est pas ici, Monsieur le comte, répéta le commandant, légèrement inquiet, Oui, que votre seigneurie sache que les trois quarts de ces terres, ou davantage, lui appartiennent. Mais tu as dit qu'il n'est pas chez lui, Que votre seigneurie parle à l'intendant, l'intendant est celui qui gouverne le bateau, Tu es allé en mer, Que votre seigneurie sache que j'y suis allé, mais, entre les noyés et les malades du scorbut, ça faisait tant de morts que j'ai décidé de m'en revenir mourir à terre, Et où puis-je trouver l'intendant, S'il n'est pas déjà dans les champs, vous le trouverez à la ferme du palais, Il y a un palais ici, demanda le commandant en regardant autour de lui, Ce n'est pas un de ces palais très hauts avec des tours, il n'a qu'un seul étage, mais on raconte qu'il contient plus de richesses que dans tous les châteaux et palais de lisbonne, Peux-tu nous y mener, demanda le commandant, Mes pas m'ont conduit jusqu'ici pour ça, Le comte est comte de quoi. Le vieux le lui dit et le commandant émit un sifflement d'admiration. Je le connais, dit-il, mais je ne savais pas qu'il avait des terres dans le coin, Et on dit qu'il n'en a pas qu'ici.

Le village était un village comme on n'en voit plus au jour d'aujourd'hui, si nous étions en hiver nous y pataugerions et serions éclaboussés comme dans une porcherie inondée d'eau et de boue, en ce moment il évoque autre chose, les vestiges pétrifiés d'une civilisation antique, couverts de poussière, comme c'est le cas tôt ou tard des musées en plein air. Ils débouchèrent sur une place où se trouvait le palais. Le vieux alla sonner à la porte de service, au bout d'une minute quelqu'un vint ouvrir et le vieux entra. Les choses ne se passaient pas comme le commandant l'avait imaginé, mais c'était peut-être mieux ainsi. Le vieux se chargerait des premiers pourparlers et ensuite lui-même aborderait le cœur de l'affaire. Au bout d'une bonne quinzaine de minutes un gros homme avec d'immenses moustaches pendant comme le faubert d'un navire apparut à la porte. Le commandant guida le cheval vers lui et ce fut encore du haut de sa monture, afin que les différences sociales fussent bien établies, qu'il prononça les premières paroles, Tu es l'intendant de monsieur le comte, Pour servir votre seigneurie. Le commandant mit pied à terre et, apportant la preuve d'une astuce peu commune, il profita de ce qui lui était offert sur un plateau, Dans ce cas, me servir sera comme servir monsieur le comte et son altesse le roi, Votre seigneurie aura la bonté de m'expliquer ce qu'elle désire, je suis votre homme pour tout ce qui ne sera pas contraire au salut de mon âme ni aux intérêts de mon maître que je me suis engagé à défendre, Les intérêts de ton maître ne seront pas lésés et ton âme ne sera pas damnée à cause de moi, et maintenant venons-en à l'affaire qui m'amène ici. Il s'interrompit, fit rapidement signe au bouvier de s'approcher, et commença, Je suis officier de cavalerie de sa majesté qui m'a confié la tâche de conduire à valladolid, en espagne, un éléphant qui doit être remis à l'archiduc maximilien d'autriche qui est logé là-bas dans le palais de l'empereur charles quint, son beau-père. L'intendant écarquilla les yeux, sa mâchoire s'affaissa sur son double menton, effets encourageants que le commandant enregistra mentalement. Et il poursuivit, J'ai dans ma caravane un char à bœufs qui transporte les ballots de fourrage dont l'éléphant se nourrit et la cuve d'eau avec laquelle il étanche sa soif, la charrette est tirée par une paire de bœufs qui jusqu'à présent se sont convenablement acquittés de leur mission, mais je crains beaucoup qu'ils ne soient pas suffisants quand ils devront affronter les grandes pentes des montagnes. L'intendant hocha la tête affirmativement, mais ne dit mot. Le commandant inspira profondément, sauta plusieurs phrases ornementales qu'il avait alignées dans sa tête et passa directement à l'épilogue, J'ai besoin d'une autre paire de bœufs pour l'atteler à la charrette et j'ai pensé que je pourrais la trouver ici, Monsieur le comte n'est pas là, il est le seul à. Le commandant lui coupa la chique, On dirait que tu n'as pas entendu que je suis ici au nom du roi, ce n'est pas moi qui te demande de prêter une paire de bœufs pendant quelques jours, mais sa majesté le roi de portugal, J'ai entendu, messire, j'ai bien entendu, mais mon maître, N'est pas ici, je le sais, mais son intendant est ici et il connaît ses devoirs envers la patrie, La patrie, monsieur, Tu ne l'as jamais vue, demanda le commandement en se lançant dans une envolée lyrique, tu vois ces nuages qui ne savent pas où ils vont, eh bien ils sont la patrie, tu vois le soleil qui tantôt est présent, tantôt ne l'est pas, eh bien il est la patrie, tu vois cette rangée d'arbres où, culotte à la main, j'ai aperçu ton village ce matin, eh bien elle est la patrie, par conséquent tu ne peux ni refuser ni t'opposer à ma mission, Si votre seigneurie le dit, Je te donne ma parole d'officier de cavalerie, et maintenant assez bavardé, allons à la bouverie voir les bœufs que tu as là-dedans. L'intendant caressa sa moustache en bataille comme s'il la consultait et se décida enfin, la patrie au-dessus de tout, mais, craignant encore les conséquences de sa capitulation, il demanda à l'officier s'il lui laisserait une garantie, à quoi le commandant répondit, Je te laisserai un papier écrit de ma main dans lequel je certifierai que la paire de bœufs sera restituée par moi-même à son lieu d'origine dès que l'éléphant sera remis à l'archiduc d'autriche, vous n'attendrez pas plus longtemps que le temps d'aller d'ici à valladolid et de valladolid à ici, Alors, allons à la bouverie, où se trouvent les bœufs de trait, dit l'intendant, Cet homme ici est mon bouvier, il entrera avec moi, je m'y entends plus en chevaux et en guerres, quand il y en a, déclara le commandant. Dans la bouverie il y avait huit bœufs. Nous en avons encore quatre, dit l'intendant, mais ils sont dans les champs. À un signe du commandant, le bouvier s'approcha des bêtes, les examina attentivement, l'une après l'autre, fit se lever deux bœufs qui étaient couchés, les inspecta aussi et déclara enfin, Celui-ci et celui-ci, Bon choix, ce sont les meilleurs, dit l'intendant. Le commandant sentit une vague d'orgueil lui monter du plexus solaire à la gorge, Réellement, chaque geste qu'il faisait, chaque pas qu'il franchissait, chaque décision qu'il prenait révélaient un stratège de tout premier ordre, méritant les plus hautes récompenses, une rapide promotion à colonel, pour commencer. L'intendant, qui était sorti, revenait avec du papier et une plume, et le contrat fut rédigé sur-le-champ. En recevant le document, l'intendant avait les mains qui tremblaient, mais il retrouva sa sérénité en entendant le bouvier dire, Il manque les courroies d'attelage, Elles sont là-bas, dit l'intendant. Des considérations plus ou moins percutantes sur la nature humaine n'ont pas manqué dans ce récit, nous les avons toutes consignées fidèlement et commentées en fonction de leur pertinence et de l'humeur du moment. Ce à quoi nous ne nous attendions pas, franchement, c'était à devoir consigner un jour une pensée aussi généreuse, aussi élevée, aussi sublime que celle qui traversa l'esprit du commandant avec la fulgurance d'un éclair, à savoir qu'il faudrait adjoindre à l'écu des armes du comte qui était le propriétaire de ces animaux deux jougs ou jougs de garrot, comme on les appelle aussi, en souvenir de cet événement. Plaise au ciel que ce vœu s'accomplisse. Déjà les bœufs étaient attelés, déjà le bouvier les menait hors de la bouverie, lorsque l'intendant demanda, Et l'éléphant. Formulée de cette façon aussi fruste que directe, la question pouvait être tout bonnement ignorée, mais le commandant pensait qu'il était redevable à cet homme d'une faveur et ce fut donc un sentiment apparenté à de la gratitude qui le poussa à dire, Il est derrière ces arbres où nous avons passé la nuit, Je n'ai jamais vu d'éléphant de ma vie, déclara l'intendant d'une voix triste, comme si son bonheur et celui des siens dépendaient de la vue d'un éléphant, Eh bien, l'homme, il existe un bon remède à ça, viens donc avec nous, Que votre seigneurie aille devant, j'appareille ma mule et je vous rattrape. Le commandant sortit sur la place où l'attendait le sergent et dit, Ça y est, nous avons les bœufs, Oui, monsieur, ils sont passés par ici, le bouvier semblait avoir avalé un manche à balai, tant il se pavanait avec orgueil devant eux, Allons-y, dit le commandant en remontant en selle, Oui, mon commandant, dit le sergent en se remettant en selle lui aussi. Ils rejoignirent en peu de temps l'avant-garde, et là le commandant se heurta à un grave dilemme, ou galoper vers le campement et annoncer la victoire aux troupes réunies, ou accompagner la paire de bœufs et recevoir les applaudissements en présence de la récompense vivante de son génie. Il eut besoin de cent mètres de réflexion intense pour découvrir la réponse au problème, un recours, qu'en anticipant de cinq siècles, nous pourrions qualifier de troisième voie, et qui consista à envoyer le sergent devant avec la nouvelle en sorte de prédisposer les esprits à la plus enthousiaste des réceptions. Il en serait fait ainsi. Ils n'avaient pas encore beaucoup avancé quand ils entendirent le trottinement inégal de la mule à qui on n'avait jamais demandé de trotter et encore moins de galoper. Le commandant s'arrêta par courtoisie, le sergent fit de même sans savoir pourquoi, seuls le bouvier et les bœufs, comme s'ils appartenaient à un monde différent et obéissaient à des lois différentes, poursuivirent leur chemin à la cadence habituelle, c'est-à-dire au pas. Le commandant ordonna au sergent de prendre les devants, mais il ne tarda pas à regretter de l'avoir fait. Son impatience croissait à chaque minute qui passait. Ç'avait été une erreur grossière que d'avoir envoyé le sergent devant. À cette heure, il avait déjà reçu les premiers applaudissements, les plus chaleureux, ceux qui accueillent une bonne nouvelle transmise de première main, et si quelques-uns, ou même beaucoup, se manifestent d'aventure plus tard, ils auront immanquablement un goût de bouillon réchauffé. Il se trompait. Quand le commandant arriva au campement, et là il faudrait discuter pour savoir s'il était accompagné par le bouvier ou s'il accompagnait celui-ci, les hommes étaient disposés sur deux lignes, les hommes de peine d'un côté, les militaires de l'autre, et au centre l'éléphant avec son cornac assis dessus, tous applaudissant avec enthousiasme et poussant des cris de joie, s'il s'était agi d'un bateau de pirates ce serait le moment de dire, Une double ration de rhum pour tous. Quoi qu'il en soit, peut-être une occasion se présentera-t-elle plus loin de faire servir une chopine de vin rouge à toute la compagnie. Après que ces expansions se furent calmées, la caravane commença à s'organiser. Le bouvier attela à la charrette les bœufs du comte, plus vigoureux et plus frais, et devant eux, pour qu'ils se reposent, ceux venus de lisbonne. L'intendant était peut-être d'un avis contraire, mais, monté sur sa mule, il n'arrêtait pas de se signer, ayant le plus grand mal à croire ce que ses yeux voyaient, Un éléphant, c'est donc ça un éléphant, murmurait-il, il n'a pas moins de quatre coudées de hauteur, et la trompe, et les dents, et les pattes, que ses pattes sont épaisses. Quand la caravane se mit en branle, il la suivit jusqu'à la route. Il prit congé du commandant, à qui il souhaita un bon voyage et un meilleur retour, et il resta à les contempler tandis qu'ils s'éloignaient. Il faisait de grands gestes d'adieu. Ce n'est pas tous les jours qu'un éléphant apparaît dans notre vie.

Il n'est pas vrai que le ciel soit indifférent à nos préoccupations et à nos aspirations. Le ciel nous envoie constamment des signes, des avertissements, et si nous ne parlons pas de bons conseils c'est parce que l'expérience d'un côté et de l'autre, c'est-à-dire celle du ciel et la nôtre, a déjà prouvé qu'il était inutile de violenter sa mémoire, car elle est plus ou moins faible chez tout le monde. Les signes et les avertissements sont faciles à interpréter si nous sommes sur le qui-vive, comme ce fut le cas du commandant quand, à un certain détour du chemin, une averse rapide mais abondante s'abattit sur la caravane. Pour les hommes de peine, occupés à la tâche ingrate de pousser le char à bœufs, cette pluie fut une bénédiction, un acte de charité pour la souffrance à laquelle les classes inférieures avaient été assujetties. L'éléphant salomon et son cornac se régalèrent du rafraîchissement inopiné, ce qui n'empêcha pas le guide de penser à l'avantage que présenterait à l'avenir un parapluie en pareille situation, surtout lorsqu'ils seraient en route pour vienne, lui sur son perchoir et protégé de l'eau ruisselant des nuages. Ceux qui n'apprécièrent pas du tout le météore liquide ce furent les soldats de la cavalerie, d'habitude tout farauds dans leurs uniformes colorés, maintenant tachés et dégoulinants, comme s'ils revenaient vaincus d'une bataille. Quant au commandant, avec son agilité d'esprit déjà amplement prouvée, il avait compris aussitôt qu'il y avait là un problème très sérieux. Une fois de plus il avait la démonstration que la stratégie pour cette mission avait été conçue par des incompétents, incapables de prévoir les événements les plus courants, tels que cette pluie d'août, alors que la sagesse populaire avertissait depuis la nuit des temps que l'hiver commence justement en août. Sauf si l'averse avait été un événement occasionnel et que le beau temps revenait durablement, les nuits passées au grand air sous la lune ou sous l'arc étoilé du chemin de saint-jacques étaient finies. Et non seulement cela. Étant obligés de passer la nuit dans des lieux habités, il fallait que s'y trouvât un espace couvert pour abriter les chevaux et l'éléphant, les quatre bœufs et plusieurs dizaines d'hommes, et cela, comme on peut l'imaginer, était difficile à dénicher au portugal au seizième siècle, où l'on n'avait pas encore appris à construire des nefs industrielles ni des hostelleries pour les touristes. Et si la pluie nous surprend en chemin, pas une averse comme celle-ci, mais une pluie continue, une de ces pluies qui durent des heures et des heures, se demanda le commandant et il conclut, Nous n'aurons pas le choix, nous devrons la prendre tout entière sur le dos. Il leva la tête, scruta l'espace et dit, Pour l'instant le ciel semble s'être éclairci, espérons que c'était juste un avertissement. Malheureusement ce n'avait pas été un simple avertissement. À deux reprises, avant d'arriver à bon port, si l'on pouvait appeler ainsi deux dizaines de masures éloignées les unes des autres, avec une église décapitée, c'est-à-dire avec seulement un demi-clocher, sans nef industrielle en vue, deux autres averses s'abattirent encore sur eux que le commandant, désormais expert dans ce système de communication, interpréta aussitôt comme deux nouveaux avertissements du ciel, clairement agacé de voir que les mesures de prévention nécessaires n'avaient pas été prises, celles qui épargneraient à la caravane trempée refroidissements, rhumes, catarrhes et pneumonies plus que probables. Voilà la grande erreur du ciel, comme rien ne lui est impossible, il imagine que les hommes, faits, dit-on, à l'image et à la ressemblance de son locataire puissant, jouissent du même privilège. Nous aimerions bien voir ce qui arriverait au ciel s'il était dans la même situation que le commandant qui va de maison en maison avec la même cantilène, Je suis officier de cavalerie en mission de service ordonnée par sa majesté le roi de portugal m'enjoignant d'accompagner un éléphant jusqu'à la ville espagnole de valladolid, et n'apercevait que des visages méfiants, ce qui était d'ailleurs plus que justifié, étant donné que l'on n'avait jamais entendu parler de l'espèce éléphantine dans ces parages et qu'on n'avait pas la moindre idée de ce qu'était un éléphant. Nous aimerions bien voir le ciel demander s'il y avait par là une vaste grange ou, à défaut, une nef industrielle où pussent s'abriter pour une nuit animaux et êtres humains, ce qui ne serait pas totalement impossible, il suffit de nous souvenir de l'affirmation péremptoire de ce jésus de galilée qui, à sa meilleure époque, se vanta d'être capable de détruire et de reconstruire le temple entre le matin et le soir d'un seul jour. L'on ignore si ce fut par manque de main-d'œuvre ou de ciment qu'il ne le fit pas, ou si ce fut pour être parvenu à la conclusion sensée que le jeu n'en valait pas la chandelle, dès lors que si l'on va détruire quelque chose pour le reconstruire, mieux vaut tout laisser en l'état. En revanche, l'épisode de la multiplication des pains et des poissons fut une prouesse, et si nous l'évoquons ici c'est uniquement parce que sur l'ordre du commandant et grâce aux efforts de l'intendance de la cavalerie, un repas chaud sera servi aujourd'hui à tous les humains faisant partie de la caravane, ce qui n'est pas un mince miracle si l'on prend en considération l'absence d'équipements idoines et l'instabilité de la météorologie. Heureusement il ne pleuvra pas. Les hommes se sont débarrassés de leurs vêtements les plus épais et les ont mis à sécher sur des bâtons de façon à mettre à profit la chaleur des feux allumés entre-temps. Après, il n'y eut plus qu'à attendre que le chaudron de la tambouille arrive, ressentir la contraction consolante de l'estomac qui pressent que sa faim va enfin être apaisée, se sentir un homme égal à ceux à qui quelqu'un vient servir une assiette de nourriture et une tranche de pain à heures fixes, comme s'il s'agissait d'une bienfaisante fatalité du destin. Ce commandant n'est pas comme les autres, il pense à ses hommes, y compris les collatéraux, comme s'ils étaient ses propres enfants. De surcroît, il se préoccupe fort peu des hiérarchies, au moins dans des circonstances comme celles-ci, et il s'en soucie si peu qu'il n'est pas allé manger à part, il est ici, il occupe une place près du feu, et s'il a peu participé aux conversations jusqu'à présent, c'est pour que les hommes se sentent à l'aise. Ici même, un soldat de la cavalerie vient de poser la question qui trotte dans la cervelle de tous, Et toi, le cornac, que diable vas-tu faire à vienne avec l'éléphant, Probablement la même chose qu'à lisbonne, rien d'important, répondit subhro, on va beaucoup applaudir l'éléphant, des foules de gens sortiront dans la rue et après ils l'oublieront, c'est la loi de la vie, triomphe et oubli, Pas toujours, Pour les éléphants et les hommes, toujours, encore que je ne devrais pas parler des hommes, je ne suis qu'un indien dans un pays qui n'est pas le sien, mais à ma connaissance il n'y a qu'un seul éléphant qui ait échappé à cette loi, Quel fut cet éléphant, demanda un des hommes de peine, Un éléphant qui était moribond et à qui on a coupé la tête une fois mort, Alors tout a fini ainsi, Non, sa tête fut placée sur le cou d'un dieu appelé ganesh et qui était mort, Parle-nous donc un peu de ce ganesh, dit le commandant, Commandant, la religion hindouiste est très compliquée, seul un indien est en mesure de la comprendre et tous n'y parviennent pas, Je crois me souvenir que tu m'as dit que tu étais chrétien, Et moi je me souviens d'avoir répondu, plus ou moins, mon commandant, plus ou moins, Qu'est-ce que ça veut dire réellement, es-tu ou n'es-tu pas chrétien, J'ai été baptisé en inde quand j'étais petit, Et après, Après, rien, répondit le cornac avec un haussement d'épaules, Tu n'as jamais été pratiquant, Je n'ai pas eu à l'être, monsieur, on a dû m'oublier, Tu n'as rien perdu pour autant, dit une voix inconnue qu'il fut impossible de localiser, mais qui, pour incroyable que cela paraisse, semblait avoir jailli des braises du feu. Un grand silence se fit, interrompu seulement par les crépitements du bois en train de brûler. D'après ta religion, qui donc a créé l'univers, demanda le commandant, Brahma, mon commandant, Alors, il est dieu, Oui, mais il n'est pas le seul, Explique-nous ça, C'est qu'il ne suffit pas d'avoir créé l'univers, il faut aussi quelqu'un qui le conserve et ça c'est la tâche d'un autre dieu, qui s'appelle vishnou, Y a-t-il d'autres dieux que ceux-ci, cornac, Nous en avons des milliers, mais le troisième en importance c'est shiva, le destructeur, Veux-tu dire que ce que vishnou conserve, shiva le détruit, Non, mon commandant, avec shiva la mort est interprétée comme étant principe générateur de la vie, Si je comprends bien, tous trois font partie d'une trinité, ils constituent une trinité, comme dans le christianisme, Dans le christianisme ils sont quatre, mon commandant, si vous me pardonnez cette audace, Quatre, s'exclama le commandant, stupéfait, qui est ce quatrième, La vierge, mon commandant, La vierge est en dehors de tout ça, nous avons le père, le fils et le saint-esprit, Et la vierge, Si tu ne t'expliques pas, je te coupe la tête, comme on a fait pour l'éléphant, Je n'ai jamais entendu qu'on demande quoi que ce soit à dieu, ni à jésus, ni au saint-esprit, mais la vierge est assaillie de supplications, de requêtes et de sollicitations qui pleuvent sur elle à toute heure du jour et de la nuit, Attention, l'inquisition n'est pas loin, pour ton bien ne t'engage pas sur des terrains marécageux, Si j'arrive jusqu'à vienne, je ne reviendrai plus, Ne retourneras-tu pas en inde, demanda le commandant, Je ne suis déjà plus indien, En tout cas je constate que tu sembles bien connaître ton hindouisme, Plus ou moins, mon commandant, plus ou moins, Pourquoi, Parce que tout ça ce sont des mots, et seulement des mots, hormis les mots il n'y a rien, Ganesh est-il un mot, demanda le commandant, Oui, un mot qui comme tous les autres ne peut être expliqué que par d'autres mots, mais comme les mots qui ont essayé de l'expliquer, qu'ils y soient parvenus ou non, devront à leur tour être expliqués, notre discours avancera sans but, il fera alterner, comme par une malédiction, le faux avec le vrai, sans se rendre compte de ce qui est bien et de ce qui est mal, Raconte-moi qui fut ganesh, Ganesh est fils de shiva et de parvati, appelée aussi durga ou kali, la déesse aux cent bras, Si au lieu de bras, ç'avait été des jambes, on aurait pu l'appeler mille-pattes, dit un des hommes en riant d'un air gêné, comme regrettant sa remarque à peine lui était-elle sortie de la bouche. Le cornac ne lui prêta pas attention et poursuivit, Il faut dire que, comme dans le cas de votre vierge, ganesh fut conçu par sa mère, parvati, sans l'intervention de son mari, shiva, ce qui s'explique par le fait que celui-ci, étant éternel, ne ressentait aucun besoin d'avoir des enfants. Un jour, parvati ayant décidé de se baigner, il se trouva qu'il n'y avait pas de garde par là pour la protéger contre quiconque voudrait entrer dans la salle. Alors, elle créa une idole qui avait la forme d'un petit garçon, fait de la pâte qu'elle avait préparée pour se laver et qui n'était sûrement pas autre chose que du savon. La déesse insuffla la vie à cette figurine et ce fut la première naissance de ganesh. Parvati ordonna à ganesh de n'autoriser personne à entrer et il exécuta au pied de la lettre les ordres de sa mère. Peu de temps après, shiva revint de la forêt et voulut entrer dans la maison, mais ganesh l'en empêcha, ce qui, naturellement, rendit shiva furieux. Alors le dialogue suivant eut lieu, Je suis l'époux de parvati, par conséquent sa maison est ma maison, Ici n'entrent que ceux que ma mère autorise à entrer et elle ne m'a pas dit que tu pouvais entrer. Shiva perdit patience et se lança dans un combat féroce avec ganesh à la fin duquel le dieu trancha avec son trident la tête de son adversaire. Quand parvati sortit et vit le corps sans vie de son fils, ses cris de douleur se transformèrent vite en hurlements de fureur. Elle ordonna à shiva de rendre immédiatement la vie à ganesh, mais malheureusement le coup qui l'avait décapité avait été si puissant que la tête fut projetée au loin et qu'on ne la retrouva plus jamais. Alors, comme dernier recours, shiva alla demander de l'aide à brahma qui lui suggéra de remplacer la tête de ganesh par celle du premier être vivant qu'il rencontrerait en chemin à condition que ce soit en direction du nord. Shiva envoya alors son armée céleste prélever la tête de n'importe quelle créature en train de dormir avec la tête orientée vers le nord. Les soldats rencontrèrent un éléphant moribond qui dormait de cette façon et après sa mort ils lui coupèrent la tête. Ils revinrent là où se trouvaient shiva et parvati et ils leur remirent la tête de l'éléphant, laquelle fut placée sur le corps de ganesh, le ramenant de nouveau à la vie. Et ce fut ainsi que renaquit ganesh après avoir vécu et été mort. Des histoires à dormir debout, grommela un soldat, Comme celle de celui qui, étant mort, a ressuscité le troisième jour, répondit subhro, Attention, cornac, tu vas trop loin, le morigéna le commandant, Je ne crois pas non plus à l'histoire de l'enfant en savon qui s'est transformé en dieu avec un corps d'homme ventru et une tête d'éléphant, mais il m'a été demandé d'expliquer qui était ganesh et je n'ai fait qu'obéir, Oui, mais tu t'es livré à des considérations peu aimables sur jésus-christ et sur la vierge qui n'ont pas du tout été du goût des personnes ici présentes, J'en demande pardon à tous ceux qui se sont sentis offensés, ce ne fut pas intentionnel, répondit le cornac. L'on entendit un murmure d'apaisement, à vrai dire ces hommes, aussi bien les soldats que les civils, se moquaient pas mal des controverses religieuses, ce qui les inquiétait c'était qu'on traitât de questions aussi abstruses directement sous la voûte céleste. On a coutume de dire que les murs ont des oreilles, imaginez un peu la taille des oreilles des étoiles. Quoi qu'il en soit, c'était l'heure d'aller au lit, avec pour draps et couvertures les vêtements que portaient ces hommes, l'important étant qu'il ne leur pleuve pas dessus, or le commandant avait obtenu cela en allant de maison en maison demander qu'on en abritât pour la nuit deux ou trois, qui dormiraient dans des cuisines, des étables, des paillers, mais cette fois avec le ventre plein, ce qui compenserait ces inconvénients et bien d'autres. Plusieurs habitants du village se dispersèrent avec eux, ils étaient venus là, attirés par la nouvelle de l'éléphant duquel, par peur, ils ne réussiraient pas à s'approcher à moins de vingt pas. Enroulant avec sa trompe une portion de fourrage qui eût suffi à apaiser le premier appétit d'un escadron de vaches, salomon, en dépit de sa vue basse, leur jeta un regard sévère, donnant clairement à entendre qu'il n'était pas un animal de concours, mais bien un travailleur honorable que certaines infortunes, qu'il serait trop long de relater ici, avaient laissé sans emploi et pour ainsi dire livré à la charité publique. Au début, un des villageois, par bravade, fit encore quelques pas au-delà de la ligne invisible qui allait bientôt se transformer en frontière impénétrable, mais salomon lui décocha une ruade d'avertissement qui, bien que n'atteignant pas sa cible, donna lieu à un intéressant débat entre eux sur les familles ou les clans d'animaux. Les mules, mulets, ânes, ânesses, chevaux, juments sont des quadrupèdes qui, comme chacun sait, et certains par expérience douloureuse, lancent des ruades, ce qui est tout à fait compréhensible, puisqu'ils ne disposent pas d'autres armes, ni offensives ni défensives, mais un éléphant, avec cette trompe et ces dents, avec ces énormes pattes qui rappellent des marteaux-pilons, comme si tout cela ne suffisait pas, est en plus capable de ruer. Quand on le regarde il évoque la bonhomie personnifiée, toutefois, en cas de besoin, il peut se transformer en bête féroce. Ce qui est étonnant, c'est qu'appartenant à la famille des animaux ci-dessus mentionnés, c'est-à-dire à la famille des lanceurs de ruades, il ne porte pas de fers aux pieds. Finalement, dit un des manants, il n'y a pas grand-chose à voir dans un éléphant, on en fait le tour et puis ça y est. Les autres acquiescèrent, On en fait le tour et on a tout vu. Ils auraient pu se retirer dans leur maison, retourner au confort de leur foyer, mais l'un d'eux déclara qu'il allait rester là encore un petit bout de temps, qu'il avait envie d'entendre ce qui se disait autour de ce brasier. Tous restèrent. Au début ils ne saisirent pas de quoi il s'agissait, ils ne comprenaient pas les noms, ceux-ci avec des accentuations étranges, jusqu'au moment où tout devint clair quand ils aboutirent à la conclusion qu'on parlait de l'éléphant et que l'éléphant était dieu. À présent ils se dirigeaient vers leur maison, vers le confort de leur foyer, emmenant chacun deux ou trois hôtes parmi les militaires et les hommes de peine. Deux soldats de la cavalerie restèrent pour faire office de sentinelles auprès de l'éléphant, ce qui renforça chez les paysans l'idée qu'il était urgent d'aller parler au curé. Les portes se refermèrent et tout le village se recroquevilla au milieu de l'obscurité. Peu de temps après plusieurs portes se rouvrirent furtivement et les cinq hommes qui en sortirent se dirigèrent vers la place du puits, lieu convenu pour leur réunion. Leur idée était d'aller parler au curé qui à cette heure devait déjà être au lit et probablement endormi. Le révérend était connu pour son humeur massacrante quand on le réveillait inopinément, c'est-à-dire chaque fois qu'il était dans les bras de morphée. Un des hommes se hasarda à avancer une autre solution, Et si nous allions le voir demain matin, demanda-t-il, mais un autre, plus déterminé, ou simplement plus porté sur la logique des prévisions, objecta, S'ils ont décidé de partir à l'aube, nous risquons de ne trouver personne et nous aurons l'air fin alors. Ils se trouvaient devant la porte du jardin du presbytère et il semblait que personne parmi les visiteurs nocturnes n'allait oser soulever le heurtoir. La porte de la résidence avait aussi un heurtoir, mais beaucoup trop petit pour réussir à réveiller son locataire. Enfin, tel un tir de canon dans le silence de pierre du village, le heurtoir du jardin du presbytère donna signe de vie. Il dut encore retentir deux fois avant qu'on entende de l'intérieur la voix éraillée et irritée du curé, Qui est-ce. Il n'était évidemment ni prudent ni commode de parler de dieu en pleine rue, avec entre eux plusieurs murs et un portail en bois épais. Les voisins ne tarderaient pas à dresser l'oreille aux voix tonitruantes avec lesquelles les parties dialogantes seraient obligées de communiquer, transformant ainsi une question théologique très sérieuse en fable de la saison. La porte du presbytère s'ouvrit enfin et la tête ronde du curé apparut, Que voulez-vous à pareille heure de la nuit. Les hommes laissèrent ouvert le portail du jardin et avancèrent en traînant les pieds vers l'autre porte. Quelqu'un est mourant, demanda le curé. Tous dirent, Non, monsieur le curé. Alors, insista le serviteur de dieu, en s'emmitouflant encore plus étroitement dans la couverture qu'il avait jetée sur ses épaules, Nous ne pouvons pas parler dans la rue, dit un homme. Le curé bougonna, Eh bien, si vous ne pouvez pas parler dans la rue, allez demain à l'église, Nous devons parler maintenant, monsieur le curé, demain ce sera peut-être trop tard, l'affaire qui nous amène ici est très grave, c'est une affaire qui concerne l'église, L'église, répéta le curé, soudain inquiet, pensant que la charpente pourrie de la toiture s'était effondrée, Oui, monsieur le curé, l'église, Alors, entrez, entrez. Il les poussa vers la cuisine dans l'âtre de laquelle brasillaient encore quelques restes de bois brûlé, il alluma une chandelle, s'assit sur un tabouret et dit, Parlez. Les hommes s'entre-regardèrent, se demandant qui devrait être le porte-parole, mais il était clair que seul avait une légitimité celui qui avait dit vouloir entendre ce qui se disait dans le groupe où se trouvaient le commandant et le cornac. Il ne fut pas nécessaire de voter, l'homme en question avait pris la parole, Monsieur le curé, dieu est un éléphant. Le prêtre poussa un soupir de soulagement, c'était préférable à l'effondrement de la toiture, en outre l'affirmation hérétique était facile à réfuter, Dieu est dans toutes ses créatures, dit-il. Les hommes hochèrent la tête affirmativement, mais le porte-parole, très conscient de ses droits et de ses responsabilités, rétorqua, Mais aucune n'est dieu, Il ne manquerait plus que cela, répondit le curé, nous aurions alors un monde regorgeant de dieux et plus personne ne s'y retrouverait, chacun tirerait la braise vers sa sardine, Monsieur le curé, ce que nous avons entendu de nos propres oreilles qu'un jour la terre dévorera, c'est que l'éléphant qui est ici est dieu, Qui a proféré une telle insanité, demanda le curé en se servant d'un mot fort peu courant dans le village, ce qui chez lui était un signe manifeste de mécontentement, Le commandant de la cavalerie et l'homme qui voyage dessus, Sur quoi, Sur dieu, sur l'animal. Le curé respira profondément, endigua l'exaspération qui le poussait vers des décisions extrêmes et demanda, Vous êtes saouls, Non, monsieur le curé, répondit le chœur, il est difficile d'être saoul par les temps qui courent, le vin coûte cher, Alors, si vous n'êtes pas saouls, si malgré cette histoire à dormir debout vous continuez à être de bons chrétiens, écoutez-moi bien. Les hommes s'approchèrent afin de ne pas perdre un seul mot et le curé, après s'être éclairci la gorge car il se sentait soudain enrhumé, ce qui, pensait-il, était le résultat d'être passé brusquement de la chaleur des draps à la froidure du dehors, entama son sermon, Je pourrais vous renvoyer chez vous avec une pénitence, un certain nombre de notre père et de je vous salue marie, et on oublierait toute cette affaire, mais comme vous me semblez tous de bonne foi, demain matin, avant le lever du soleil, nous irons, vous et moi, avec vos familles, ainsi qu'avec tous les autres habitants du village, à qui vous devrez dire où se trouve l'éléphant, non pas pour l'excommunier, puisque, étant un animal, il n'a pas reçu le saint sacrement du baptême et ne peut pas avoir accès aux bienfaits spirituels accordés par l'église, mais pour le débarrasser de toute possession diabolique qui aurait été introduite dans sa nature de brute par le malin, comme c'est arrivé aux deux mille porcs qui se noyèrent dans la mer de galilée, comme vous vous en souvenez sûrement. Il s'interrompit pour faire une pause, puis demanda, Vous avez compris, Oui, monsieur le curé, répondirent-ils en chœur, à l'exception du porte-parole qui prenait de plus en plus à cœur sa fonction, Monsieur le curé, dit-il, cette histoire m'a toujours tarabusté, Pourquoi, Je ne comprends pas pourquoi ces porcs devaient mourir, c'est bien que jésus ait fait le miracle d'expulser les esprits immondes du corps du gérasénien, mais qu'il ait accepté qu'ils entrent dans de malheureux cochons qui n'avaient rien à voir dans cette affaire ne m'a jamais paru une bonne façon de finir le travail, d'autant plus que, comme les démons sont immortels, car sinon dieu aurait éradiqué leur race dès sa naissance, ce que je veux dire, c'est qu'avant que les porcs ne soient tombés dans l'eau les démons s'étaient déjà échappés, à mon avis jésus n'a pas assez réfléchi, Et qui es-tu, toi, pour dire que jésus n'a pas assez réfléchi, C'est écrit, monsieur le curé, Mais tu ne sais pas lire, Je ne sais pas lire, mais je sais entendre, Y a-t-il une bible chez toi, Non, monsieur le curé, seulement les évangiles, ils faisaient partie d'une bible, mais quelqu'un les a arrachés de là, Et qui les lit, Ma fille aînée, il est vrai qu'elle n'arrive pas encore à lire couramment, mais grâce à toutes les fois qu'elle a lu ce même passage, nous comprenons de mieux en mieux, Avec pour conséquence qu'en ayant ce genre d'idées et d'opinions, si l'inquisition arrive jusqu'ici, tu seras le premier à brûler sur le bûcher, Faut bien mourir de quelque chose, monsieur le curé, Ne me sors pas ce genre d'âneries, laisse les évangiles en paix et prête davantage attention à ce que je dis à l'église, ma mission, et celle de personne d'autre, c'est d'indiquer le droit chemin, rappelle-toi que qui s'engage dans des chemins de traverse ne sort jamais de la voie de la tristesse, Oui, monsieur le curé, Pas un mot de ce qui s'est dit ici, si quelqu'un, en dehors de ceux qui sont ici, me parle de cette affaire, celui d'entre vous qui n'aura pas tenu sa langue sera puni d'excommunication majeure, dussé-je aller à rome pour témoigner personnellement. Le curé fit une pause dramatique, puis demanda d'une voix caverneuse, Vous avez compris, Oui, monsieur le curé, nous avons compris, Demain, avant le lever du soleil, je veux que tout le monde soit sur le parvis de l'église, moi qui suis votre berger, j'irai devant, et ensemble, avec ma parole et votre présence, nous combattrons pour notre sainte religion, rappelez-vous, le peuple uni jamais ne sera vaincu.

Le jour se leva dans la brume, mais personne ne s'y égara, au milieu d'un brouillard presque aussi épais qu'une soupe faite uniquement de pommes de terre bouillies chacun se débrouilla pour arriver jusqu'à l'église, tout comme précédemment les hôtes auxquels les villageois avaient donné un abri avaient rejoint le campement. Tous étaient présents, depuis le plus tendre enfantelet dans les bras de sa mère jusqu'à l'ancien le plus vénérable du village encore capable de marcher, grâce au secours du bâton qui lui faisait office de troisième jambe. Il n'en avait pas autant que les mille-pattes qui, lorsqu'ils deviennent vieux, ont besoin d'une énorme quantité de cannes, ce qui finalement est à l'avantage de l'espèce humaine qui n'en nécessite qu'une, sauf dans les cas les plus graves où lesdits bâtons changent de nom pour s'appeler béquilles. Grâce à la divine providence qui veille sur nous tous, il n'y avait aucun cas de ce genre dans le village. La colonne avançait d'un pas relativement alerte, faisant contre mauvaise fortune bon cœur, prête à écrire une nouvelle page d'héroïsme empreint d'abnégation dans les annales du village, les autres pages n'offrant pas grand-chose à la lecture des érudits, indiquant simplement que nous sommes nés, que nous travaillons et que nous mourons. Presque toutes les femmes étaient armées de leur chapelet et murmuraient des prières, probablement pour fortifier la détermination du curé qui avançait à la tête du cortège, équipé du goupillon et du petit bénitier portatif. À cause du brouillard, les hommes de la caravane ne s'étaient pas dispersés, comme il eût été naturel, ils attendaient en groupes réduits la pitance du matin, y compris les militaires qui, plus matinaux, avaient déjà harnaché les chevaux. Quand les villageois commencèrent à émerger de la soupe de patates, le personnel responsable de l'éléphant se porta instinctivement à leur rencontre, l'avant-garde étant constituée, comme c'était leur devoir, par les soldats de la cavalerie. En arrivant à portée de voix le curé s'arrêta, leva la main en signe de paix, dit de là bonjour et demanda, Où est l'éléphant, nous voulons le voir. Le sergent trouva raisonnables et la question et le souhait et il répondit, Derrière ces arbres, maintenant, pour que vous puissiez voir l'éléphant vous devrez d'abord parler au commandant du peloton et au cornac, Qui est le cornac, C'est l'homme qui est assis dessus, Assis sur quoi, Sur l'éléphant, pardi, Vous voulez dire que cornac signifie celui qui est assis dessus, Je ne sais pas ce que ça signifie, je sais seulement qu'il est assis dessus, c'est un mot qui vient de l'inde, il me semble. À ce rythme, la conversation aurait risqué de s'éterniser s'il ne s'était pas trouvé que le commandant et le cornac approchaient, attirés par la curiosité, car ils avaient aperçu dans le brouillard qui commençait à se dissiper quelque peu ce qui ressemblait à deux armées face à face. Voilà le commandant qui arrive, dit le sergent, tout content d'être exclu d'une conversation qui l'inquiétait déjà passablement. Le commandant dit, Bonjour à tous, et demanda, En quoi puis-je vous servir, Nous aimerions voir l'éléphant, Ce n'est pas la meilleure heure, s'interposa le cornac, l'éléphant est nerveux quand il se réveille. Ce à quoi le curé répondit, En plus de le voir, mes ouailles et moi-même, j'aimerais le bénir pour le voyage, j'ai ici le goupillon et le bénitier, Belle idée, dit le commandant, jusqu'ici aucun des prêtres que nous avons rencontrés en chemin ne s'était offert à bénir salomon, Qui est salomon, demanda le curé, L'éléphant s'appelle salomon, répondit le cornac, Cela ne me semble pas convenable de donner un nom de personne à un animal, les animaux ne sont pas des personnes et les personnes ne sont pas non plus des animaux, Je n'en suis pas si certain, répondit le cornac, que cet ergotage commençait à agacer, C'est toute la différence entre qui a fait des études et qui n'en a point fait, conclut le curé avec une morgue répréhensible. Puis il se tourna vers le commandant et demanda, Votre seigneurie me donne-t-elle licence de m'acquitter de mon devoir de prêtre, Quant à moi, oui, mon père, encore que l'éléphant ne relève pas de ma juridiction, mais de celle du cornac. Au lieu d'attendre que le curé lui adresse la parole, subhro prit les devants d'un ton aimable fort suspect, Mais je vous en prie, monsieur le curé, salomon est tout entier à vous. Or, le moment est venu d'avertir le lecteur qu'il y a là deux personnages qui ne sont pas de bonne foi. Tout d'abord le curé qui, contrairement à ce qu'il a déclaré, n'a pas d'eau bénite dans le bénitier, mais de l'eau de puits, transvasée directement de la cruche dans la cuisine, sans passage réel ou symbolique par l'empyrée, ensuite le cornac qui espère que quelque chose se produira et qui prie le dieu ganesh afin qu'il en soit bien ainsi. N'approchez pas trop, le prévint le commandant, dites-vous qu'il a trois mètres de haut et pèse bien quatre cents tonnes, sinon plus, Il ne peut pas être aussi dangereux que la bête du léviathan qui a été subjuguée à tout jamais par la sainte religion catholique, apostolique et romaine à laquelle j'appartiens, Je vous ai averti, c'est à vos risques et périls, déclara le commandant, qui dans sa vie de militaire avait assisté à maintes bravades et constaté le triste résultat de presque toutes. Le curé plongea le goupillon dans l'eau, s'avança de trois pas et en aspergea l'éléphant tout en murmurant des paroles qui avaient tout l'air d'être latines, mais que personne ne comprit, pas même la fraction cultivée ultraréduite de l'assistance, c'est-à-dire le commandant, qui avait passé plusieurs années au séminaire à la suite d'une crise mystique qui avait guéri spontanément. Le révérend continuait son travail et s'approchait peu à peu de l'extrémité de l'animal, mouvement qui coïncida avec une accélération des prières du cornac au dieu ganesh et avec la découverte soudaine par le commandant que les paroles et les gestes du prêtre appartenaient au manuel d'exorcisme, comme si le pauvre éléphant pouvait être possédé par un quelconque démon. Cet homme est fou, pensa le commandant, et au même instant il vit le curé être précipité à terre, bénitier d'un côté, goupillon de l'autre, et l'eau être répandue. Les brebis s'avancèrent pour porter secours à leur berger, mais les soldats s'interposèrent pour éviter bousculades et mêlées, et s'ils pensèrent bien, ils agirent encore mieux, car le curé, aidé par les hercules locaux, essayait déjà de se relever, souffrant manifestement de la hanche gauche, mais d'après tous les indices sans os fracturés, ce qui, compte tenu de l'âge avancé, de la corpulence et de la flaccidité des chairs de l'individu en question, pouvait quasiment être tenu pour un des miracles les plus accomplis de la sainte patronne du lieu. Ce qui s'était passé en réalité et nous n'en connaîtrons jamais la cause, mystère inexplicable à ajouter à tant d'autres, ce fut que salomon, à moins d'un empan de la cible de l'effroyable ruade qu'il avait commencé à décocher, en freina et en adoucit l'impact, afin que ses effets n'allassent pas au-delà de ceux d'une bonne bourrade, mais sans acharnement, et encore moins avec l'intention de tuer. Cette importante information leur manquant, tout comme elle nous fait défaut à nous aussi, le curé se bornait à dire, abasourdi, C'est un châtiment du ciel, c'est un châtiment du ciel. Désormais, quand on parlera d'éléphants en sa présence, et ce sera souvent, vu ce qui s'est passé ici, devant tant de témoins oculaires, il dira toujours que ces animaux, apparemment des brutes, sont si intelligents qu'en plus d'avoir quelques connaissances de latin, ils sont même capables de distinguer l'eau bénite de ce qui ne l'est pas. Claudiquant, le curé se laissa conduire vers une chaise à bras en ébène, de style abbatial, œuvre précieuse d'ébénisterie que quatre de ses serviteurs les plus dévoués étaient allés quérir dans l'église. Nous ne serons déjà plus sur place lorsque le retour au village sera organisé. La discussion sera ardue, comme on peut s'y attendre de la part d'êtres peu enclins à manier le raisonnement, d'hommes et de femmes qui en viennent aux mains pour un oui pour un non, même quand, comme en l'occurrence, il s'agit de décider à propos d'une œuvre aussi pie que le transport de leur berger jusque chez lui afin de le mettre au lit. Le curé ne sera pas d'un grand secours pour arbitrer le litige car il tombera dans une torpeur qui inquiétera tous les villageois, à l'exception de la sorcière locale, Rassurez-vous, dit-elle, il n'y a aucun signe d'une mort prochaine, ni pour aujourd'hui, ni pour demain, rien qui ne puisse être soigné par quelques bonnes frictions des parties affectées et par des tisanes dépuratives pour le sang afin de l'empêcher de se corrompre, et cessez immédiatement de vous chamailler car ça finit toujours par des têtes fracassées, ce qu'il faut faire c'est vous relayer tous les cinquante pas et tout le monde sera content. La sorcière avait raison.

La caravane composée d'hommes, de chevaux, de bœufs et d'un éléphant fut engloutie définitivement par la brume, l'on ne distingue même pas la tache que forme leur long cortège. Il va nous falloir courir pour la rejoindre. Heureusement, vu le peu de temps que nous sommes restés à assister aux débats des hercules du village, la caravane ne peut pas être très loin. Si la visibilité avait été normale ou si la brume avait moins ressemblé à de la purée, il eût suffi de suivre les traces des grosses roues du char à bœufs et de la charrette de l'intendance dans la terre ramollie, mais, à présent, même en effleurant le sol avec le nez il serait impossible de déceler que des gens étaient passés par là. Et pas seulement des gens, des animaux aussi, ainsi qu'il fut dit, certains de grande taille, comme les bœufs et les chevaux, et en particulier le pachyderme connu à la cour portugaise sous le nom de salomon, dont les pieds, ne fussent qu'eux, eussent laissé sur le sol des traces énormes, presque circulaires, comme celles des dinosaures à pieds ronds, si tant est qu'ils aient jamais existé. Et puisque nous parlons d'animaux, il semble incroyable qu'à lisbonne personne n'ait eu l'idée de faire venir deux ou trois chiens. Un chien est une assurance-vie, un détecteur de traces, une boussole sur quatre pattes. Il suffirait de lui dire, Cherche, et en moins de cinq minutes il serait de retour, frétillant de la queue et les yeux brillant de joie. Il n'y a pas de vent, cependant le brouillard semble se déplacer en lents tourbillons comme si borée en personne soufflait depuis le nord le plus distant et les glaces éternelles. Ce qui n'est pas bien, reconnaissons-le, c'est que dans une situation aussi délicate quelqu'un se soit mis à soigner sa prose afin d'en tirer quelques images poétiques sans la moindre originalité. À l'heure qu'il est, les camarades dans la caravane se sont sûrement rendu compte qu'un des leurs manquait, deux se portèrent volontaires pour rebrousser chemin et sauver le malheureux du naufrage, et il conviendrait de les en remercier chaleureusement, n'était la réputation de poltron qui l'accompagnerait tout le reste de sa vie,

Imaginez, dirait la rumeur publique, ce type restait assis, en attendant que quelqu'un vienne le secourir, certaines personnes sont vraiment sans vergogne aucune. Il est vrai qu'il était resté assis, mais maintenant il s'est levé et a fait courageusement le premier pas, jambe droite devant, pour conjurer les maléfices du destin et de ses puissants alliés, le sort et le hasard, la jambe gauche soudain prise de doutes, et ce n'était pas étonnant, car le sol avait cessé d'être visible, comme si une nouvelle vague de brouillard venait de s'élever. Au troisième pas, il ne parvient même plus à voir ses propres mains étendues devant lui, comme pour se protéger le nez du choc contre une porte inattendue. Alors, une autre idée lui vint, celle que le chemin fasse des tours et des détours et que la direction qu'il prendrait, une ligne qu'il ne voulait pas simplement droite, mais qui se maintienne aussi constamment sur la même orientation, finisse par le mener vers des déserts où la perdition de son être, âme et corps, fût garantie, dans le dernier cas avec des conséquences immédiates. Et tout cela, ô sort funeste, sans un chien pour essuyer ses larmes lorsque le grand moment serait venu. Il envisagea encore de revenir sur ses pas, de demander un abri dans le village jusqu'à ce que le banc de brouillard se dissipe de lui-même, mais ayant perdu le sens de l'orientation, confondant les points cardinaux comme s'il se trouvait dans un espace extérieur qui lui fût totalement inconnu, il ne trouva pas de meilleure réaction que de s'asseoir de nouveau par terre et d'attendre que le destin, le hasard, le sort, l'un d'eux ou tous ensemble, amènent les volontaires plein d'abnégation jusqu'au minuscule empan de terre sur lequel il se trouvait, comme une île dans la mer océane, sans moyen de communication. Ou plutôt, de façon plus juste, comme une aiguille dans une meule de foin. Au bout de trois minutes, il dormait. Un étrange animal, l'homme, capable d'insomnies effroyables pour une raison insignifiante comme de dormir à poings fermés à la veille d'une bataille. Ce fut ce qui arriva. Il s'enfonça dans le sommeil et c'est à croire qu'il dormirait aujourd'hui encore si salomon n'avait pas poussé soudain, quelque part dans le brouillard, un barrissement tonitruant dont les échos avaient dû parvenir jusqu'aux rives distantes du gange. Étourdi par ce réveil brutal, il ne parvint pas à déceler d'où était parti l'émetteur sonore qui avait décidé de le sauver d'une congélation fatale, ou pis encore, car l'on est en terre de loups et un homme seul et sans armes n'a pas de voie de salut devant une bande de loups ou un exemplaire isolé de cette espèce. Le deuxième appel de salomon fut encore plus puissant que le premier, il commença par une sorte de gargouillement sourd dans les abîmes de sa gorge, comme un roulement de tambour, auquel succéda immédiatement la clameur syncopée qui constitue le cri de cet animal. L'homme traverse déjà le brouillard comme un cavalier chargeant, lance au poing, pendant qu'il implore mentalement, Encore une fois, salomon, s'il te plaît, encore une fois. Et salomon lui obéit, il lâche un nouveau barrissement, moins fort, comme de simple confirmation, car le naufragé qu'il était ne l'est plus, il s'approche, la charrette de l'intendance de la cavalerie est là, on n'en distingue pas les détails car objets et personnes forment comme des taches indistinctes, une autre idée vient de nous traverser l'esprit, bien plus dérangeante, et si ce brouillard était du genre à corroder la peau, celle des humains, celle des chevaux, même celle de l'éléphant en dépit de son épaisseur, aucun tigre ne parvient à y planter ses crocs, les brouillards ne sont pas tous identiques, un jour on criera gaz, et malheur à celui qui ne portera pas un heaume bien ajusté sur la tête. À un soldat qui passe en menant son cheval par la bride le naufragé demande si les volontaires sont déjà revenus de leur mission de recherche et de sauvetage et celui-ci répond à l'interpellation par un regard méfiant, comme s'il se trouvait face à un provocateur, car il y en avait déjà à foison au seizième siècle, il suffit de consulter les archives de l'inquisition, et il dit d'un ton sec, Où êtes-vous allé pêcher ces idées loufoques, ici personne n'a demandé de volontaires, avec un brouillard de ce genre la seule réaction sensée c'est celle que nous avons eue, rester ensemble jusqu'à ce qu'il décide de lui-même de se dissiper, d'ailleurs, demander des volontaires n'est guère le style du commandant, en général il se contente de les désigner, toi, toi et toi, en avant marche, le commandant dit que s'il doit y avoir des héros, soit on en sera tous, soit aucun ne le sera. Pour indiquer plus clairement qu'il voulait mettre un terme à la conversation, le soldat se hissa rapidement sur le dos de son cheval, il dit au revoir et disparut dans le brouillard. Il n'était pas content de lui. Il avait donné des explications que personne ne lui avait demandées, fait des commentaires qu'il n'était pas autorisé à formuler. Il était cependant tranquillisé par le fait que l'homme, même s'il ne semblait pas avoir le physique adéquat pour cela, appartenait sûrement, il n'y avait pas d'autre possibilité, au groupe de ceux qui avaient été engagés pour aider à pousser et à tirer les chars à bœufs dans les passages difficiles, des gens peu loquaces et en principe avec une imagination presque inexistante. Nous disons en principe car l'homme perdu dans le brouillard ne semblait pas du tout dépourvu d'imagination si l'on songe à la dextérité avec laquelle il tira du néant, de l'inexistence, les volontaires censés venir le sauver. Heureusement pour sa crédibilité publique, l'éléphant est autre chose. Grand, énorme, ventru, avec une voix à épouvanter les moins timorés et une trompe comme n'en a aucun autre animal de la création, l'éléphant n'aurait jamais pu être le fruit d'une imagination, aussi fertile fût-elle et éprise de risque. L'éléphant, simplement, soit existait, soit n'existait pas. L'heure est donc venue d'aller le visiter, de le remercier de l'énergie avec laquelle il a embouché la trompette salvatrice dont dieu l'a dotée, si cet endroit était la vallée de josaphat elle eût ressuscité les morts, mais étant simplement ce qu'il est, une parcelle brute de terre portugaise noyée dans le brouillard où quelqu'un, qui donc, fut sur le point de mourir de froid et de délaissement, nous dirons, pour ne pas gaspiller totalement la comparaison alambiquée dans laquelle nous nous sommes fourrés, qu'il y a des résurrections si bien gérées qu'il est possible d'y procéder avant même que le sujet ne soit passé de vie à trépas. Ce fut comme si l'éléphant avait pensé, Ce pauvre diable va mourir, je vais le ressusciter. Et voilà le pauvre diable en train de se confondre en remerciements, en serments de gratitude à tout jamais, jusqu'à ce que le cornac se décide à demander, Qu'a donc fait l'éléphant pour que vous lui soyez aussi reconnaissant, Sans lui, je serais mort de froid ou j'aurais été dévoré par les loups, Et comment a-t-il réussi à faire ça, puisqu'il n'a pas bougé d'ici depuis son réveil, Il n'a pas eu besoin de bouger d'ici, il lui a suffi de souffler dans sa trompette, j'étais égaré dans le brouillard et sa voix m'a sauvé, S'il y a quelqu'un qui peut parler des œuvres et des faits de salomon c'est bien moi, ce n'est pas pour rien que je suis son cornac, ne venez donc pas me raconter cette blague selon laquelle vous auriez entendu un barrissement, Non pas un barrissement, les barrissements que mes oreilles que la terre dévorera un jour ont entendus sont au nombre de trois. Le cornac pensa, Cet olibrius est fou à lier, la fièvre du brouillard lui a tourneboulé la cervelle, ça ne fait pas un pli, des cas de ce genre se sont déjà produits. Puis, à voix haute, Pour ne pas continuer à discuter la question de savoir s'il y a eu, oui ou non ou peut-être, des barrissements, demandez à ces hommes qui approchent s'ils ont entendu quelque chose. Les hommes, trois silhouettes dont les contours flous semblaient osciller et trembler à chaque pas, donnaient immédiatement envie de leur demander, Où allez-vous donc par un temps pareil. Nous savons que ce n'était pas la question que le maniaque des barrissements leur posait en cet instant et nous connaissons la réponse qu'ils lui donnèrent. Ce que nous ignorons c'est si certaines de ces choses ont un lien entre elles et lequel et comment. Ce qui est certain c'est que le soleil, tel un immense balai lumineux, traversa soudain le brouillard et le repoussa au loin. Le paysage devint visible, tel qu'il avait toujours été, pierres, arbres, ravins, montagnes. Les trois hommes ne sont déjà plus là. Le cornac ouvre la bouche pour parler, mais il la referme. Le maniaque des barrissements commença à perdre consistance et volume, à se ratatiner, il devint à moitié sphérique, transparent comme une bulle de savon, si tant est que les affreux savons qu'on fabriquait en ce temps-là étaient capables de former ces merveilles cristallines que quelqu'un eut le génie d'inventer, et il disparut soudain de la vue. Il fit plouf et s'évanouit. Il est des onomatopées providentielles. Imaginez que nous devions décrire le processus de disparition de ce type dans tous les détails. Il nous faudrait au moins dix pages. Plouf.

Par hasard, peut-être à cause d'un quelconque changement atmosphérique, le commandant se surprit à penser à sa femme et à ses enfants, elle, enceinte de cinq mois, eux, un garçonnet et une fillette, de six et quatre ans respectivement. Les gens frustes de ces époques à peine sorties de la barbarie originaire prêtaient peu attention aux sentiments délicats qui ne leur étaient que très rarement d'une quelconque utilité. Bien que l'on puisse déjà remarquer ici une certaine fermentation des émotions dans la constitution difficultueuse d'une identité nationale cohérente et solidaire, la saudade, la nostalgie et ses sous-produits n'ont pas encore été assimilés au portugal en tant que philosophie courante de la vie, ce qui a occasionné maintes difficultés de communication dans la société en général et aussi maintes perplexités dans les relations de chacun avec soi-même. Par exemple, au nom du sens commun le plus évident, il ne serait pas avisé de notre part de nous approcher de l'étrier du commandant pour lui demander, Dites-moi un peu, mon commandant, votre épouse et vos marmots vous manquent-ils. L'interpellé, bien que pas totalement dépourvu de goût et de sensibilité, comme on a déjà pu le constater dans divers passages de ce récit, en respectant, bien entendu, la discrétion la plus délicate afin de ne point offenser la pudeur du personnage, nous regarderait avec étonnement à cause de notre manque de tact patent et il nous donnerait une réponse vague, aérienne, sans queue ni tête, nous laissant pour le moins gravement inquiets pour ce qui est de la vie intime du couple. Il est vrai que le commandant n'a jamais chanté de sérénade, que l'on sache, ni écrit le moindre petit sonnet, ne fût-ce qu'un seul, mais cela ne signifie pas qu'il ne soit pas naturellement doué pour apprécier les belles choses créées par le génie de ses semblables. Il aurait pu apporter l'une d'elles avec lui, par exemple, enveloppée dans des étoffes au fond de son sac à dos, comme il l'avait déjà fait dans d'autres déplacements plus ou moins guerriers, mais cette fois-ci il avait préféré la laisser dans la sécurité de son domicile. Vu la maigreur de la solde qu'il perçoit, versée souvent avec retard, solde qui ne fut pas calculée évidemment par le trésor pour l'acquisition d'objets de luxe, le commandant, s'il voulut son joyau, il y a déjà une bonne douzaine d'années, dut vendre un baudrier confectionné dans un matériau opulent, délicatement conçu et ouvragé, à tous égards davantage fait pour briller dans les salons que sur le champ de bataille, une pièce magnifique d'équipement militaire qui avait appartenu à son grand-père maternel et qui, depuis lors, s'était mué en objet de désir chez tous ceux qui le voyaient. À sa place, mais pas dans le même but, il emporte avec lui depuis ce temps-là un épais volume intitulé amadis de gaule, œuvre dont l'auteur aurait été, comme le jurent certains érudits plus patriotes, un certain vasco de lobeira, un portugais du quatorzième siècle, laquelle œuvre avait été publiée à saragosse, dans une traduction en castillan, en mille cinq cent huit par garci rodriguez de montalvo, qui lui ajouta un certain nombre de chapitres remplis d'aventures et d'amours et qui amenda et corrigea les textes anciens. Le commandant soupçonne que son exemplaire provient d'une souche bâtarde, d'une de ces éditions que nous appelons aujourd'hui pirates, ce qui prouve à quel point certaines pratiques commerciales illicites viennent de loin. Salomon, nous l'avons déjà dit, nous parlons du roi de judée, non pas de l'éléphant, avait raison lorsqu'il écrivit qu'il n'y avait rien de nouveau sous le soleil. L'on a du mal à croire que tout fut déjà pareil à tout en ces ères bibliques, alors que notre innocence tenace continue à s'obstiner à les imaginer lyriques, bucoliques et pastorales, tant elles sont encore proches des premiers tâtonnements de notre civilisation occidentale.

Le commandant relit son amadis pour la quatrième ou cinquième fois. Comme n'importe quel autre roman de chevalerie, celui-ci abonde en batailles sanglantes, en jambes et bras amputés à ras, en corps coupés en deux à la taille, ce qui en dit long sur la force brutale de ces chevaliers mystiques, car en cette époque on ne connaissait ni n'imaginait les vertus sectionnantes des alliages métalliques avec le vanadium ou le molybdène, présents communément aujourd'hui dans n'importe quel couteau de cuisine, ce qui prouve combien nous avons progressé sur la bonne voie. Le livre relate avec minutie et délectation les amours pleines de tribulations d'amadis de gaule et d'oriane, tous deux rejetons de rois, ce qui n'avait pas empêché la mère d'amadis de se défaire du sien, ordonnant d'emmener l'enfant au bord de la mer et là, dans une caisse en bois, avec une épée à son côté, de l'abandonner à la merci des courants maritimes et de l'impétuosité des vagues. Quant à oriane, la pauvre, elle se vit promise en mariage contre sa volonté par son propre père à l'empereur de rome, alors qu'elle avait placé tous ses désirs et ses espoirs en la personne d'amadis qu'elle aimait depuis qu'elle avait sept ans, quand le garçon en avait douze, bien qu'à la vue de sa complexion physique on lui en donnât quinze. Se voir et s'aimer avaient été l'œuvre d'un instant d'éblouissement qui resta intact toute leur vie durant. C'était le temps où la chevalerie errante s'était proposée de mettre la dernière main à l'œuvre de dieu, c'est-à-dire éradiquer le mal de la planète. C'était aussi le temps où l'amour n'était amour que s'il était extrême, radical, où la fidélité absolue était un don de l'esprit aussi naturel que manger et boire l'étaient pour le corps. Et à propos de corps, c'est le moment de nous demander dans quel état pouvait bien être celui d'amadis, tout couturé de cicatrices, dans son étreinte du corps parfait de l'incomparable oriane. Sans molybdène ni vanadium, les armures ne devaient pas servir à grand-chose et le narrateur de cette histoire ne cache pas la fragilité des plaques et des cottes de mailles. Un simple coup d'épée enlevait toute utilité à un heaume et fendait la tête qui se trouvait à l'intérieur. Il est stupéfiant que ces gens-là aient réussi à arriver toujours en vie jusqu'à ce siècle-ci. Comme j'aimerais en être, soupira le commandant. Au moins pendant un certain temps, il ne verrait aucun inconvénient à céder sa patente de capitaine en échange de la possibilité de chevaucher, tel un nouvel amadis de gaule, sur les plages de l'île ferme ou dans les bois et montagnes où se réfugiaient les ennemis du seigneur. Pendant les époques de paix, la vie d'un capitaine de cavalerie portugais est d'un ennui profond, il doit vraiment se creuser la cervelle pour trouver comment occuper d'une façon suffisamment distrayante les heures creuses de la journée. Le capitaine imagine amadis chevauchant au milieu de rochers sauvages, les cailloux impitoyables blessant les sabots de sa monture, et gandalim, son écuyer, disant à son ami qu'il était temps de se reposer. Ce souhait fantaisiste détourna le cours de sa pensée vers une question étrangère à la littérature concernant la discipline militaire dans ce qu'elle avait de plus fondamental, l'exécution des ordres reçus. Si le commandant avait pu percer à jour les pensées du roi dom joão trois au moment, décrit précédemment, où la royale personne avait imaginé salomon et son cortège en train de parcourir les distances immenses et monotones de la castille, il ne serait pas ici à présent, en train d'escalader ces ravins et d'en redescendre, de côtoyer ces pentes dangereuses, pendant que le bouvier s'efforçait de trouver des chemins qui ne soient pas trop écartés chaque fois qu'un sentier naissant et mal défini disparaissait sous des rochers houleux et des lames de schiste. Bien que le roi n'eût pas exprimé son opinion et que personne ne se fût aventuré à la lui demander pour des raisons aussi insignifiantes, l'officier commandant en chef de la cavalerie donna son approbation, la route par les plaines de castille était réellement la plus indiquée, la plus douce, pratiquement une promenade à la campagne, ainsi que cela fut déjà dit. Sur ces entrefaites, et on aurait pu penser qu'il n'y avait aucune raison de revoir cet itinéraire, le secrétaire pêro de alcáçova carneiro, informé par hasard de la décision, voulut mêler son grain de sel à l'affaire. Il dit, Ce que vous appelez une promenade à la campagne, monsieur, ne me semble pas adéquat, si nous ne faisons pas preuve de prudence, cela pourrait avoir des conséquences néfastes, très sérieuses, même graves, Je ne vois pas pourquoi, monsieur le secrétaire, Imaginez que viennent à surgir des problèmes de ravitaillement avec les populations pendant la traversée de la castille, aussi bien à cause de l'eau que du fourrage, imaginez que les populations locales se refusent à passer des accords d'achat et de vente avec nous, quand bien même cela serait contraire à leurs intérêts du moment, Oui, cela pourrait arriver, reconnut l'officier, Imaginez aussi que des bandes de brigands, bien plus nombreuses là-bas qu'ici, s'apercevant de la maigre protection que nous offrons à l'éléphant, trente soldats de la cavalerie, ce n'est rien du tout, Permettez-moi de ne pas être d'accord avec vous, monsieur le secrétaire, si trente soldats portugais s'étaient trouvés aux thermopyles dans un camp ou dans l'autre, par exemple, le résultat du combat eût été différent, Je vous demande pardon, monsieur, loin de moi l'intention d'offenser l'honneur de notre glorieuse armée, mais, je le répète, imaginez que ces bandits, qui savent sûrement ce qu'est l'ivoire, se réunissent pour nous attaquer, tuer l'éléphant et lui arracher ses dents, J'ai entendu dire que les balles ne traversaient pas la peau de ces bêtes-là, C'est possible, mais il y a sûrement d'autres façons de les tuer, ce que je demande à votre altesse, surtout, c'est de penser à la honte que serait pour nous la perte du cadeau destiné à l'archiduc maximilien au cours d'une escarmouche avec des brigands espagnols et en territoire espagnol, Que pensez-vous donc que nous devrions faire, monsieur le secrétaire, Il n'y a qu'une alternative à la route castillane et c'est notre propre route le long de la frontière, en direction du nord, jusqu'à castelo rodrigo, Les chemins sont exécrables, vous ne les connaissez pas, monsieur le secrétaire, dit l'officier, Non, certes, mais nous avons une autre solution qui présente par-dessus le marché un avantage complémentaire, Lequel, monsieur le secrétaire, C'est le fait que nous pourrons effectuer la majeure partie du trajet en territoire national, Détail important, indéniablement, vous pensez à tout, monsieur le secrétaire.

Deux semaines après cette conversation il devint évident que finalement le secrétaire pêro de alcáçova carneiro n'avait pas pensé à tout. Un messager du secrétaire de l'archiduc arriva avec une lettre où, parmi un certain nombre de balivernes placées là pour détourner l'attention, on demandait par quel endroit de la frontière l'éléphant entrerait car un détachement militaire espagnol ou autrichien viendrait l'y recevoir. Le secrétaire portugais répondit par la même voie, informant que l'entrée se ferait par la frontière de castelo rodrigo, et il se mit illico à organiser sa contre-attaque. Encore que ce mot puisse sembler une exagération hors de propos, eu égard au fait que la paix règne entre les deux pays ibériques, la vérité est que le sixième sens dont est doté pêro de alcáçova carneiro n'avait pas apprécié du tout de voir figurer dans la missive de son collègue espagnol le mot recevoir. L'homme aurait pu employer les termes accueillir ou souhaiter la bienvenue, mais non, alors soit il en avait dit plus qu'il ne pensait, soit, comme l'on dit habituellement, la vérité lui était sortie de la bouche. Quelques instructions au capitaine de cavalerie sur la procédure à suivre éviteront les malentendus, avait pensé pêro de alcáçova carneiro, si l'autre camp est dans la même disposition. Le résultat de ces plans stratégiques est en train d'être annoncé par le sergent, ailleurs et plusieurs jours plus tard, en cet instant précis, Deux cavaliers nous suivent, mon commandant. Le commandant regarda, il était évident que les coursiers, dans un trot allongé et efficace, étaient pressés. Le sergent avait ordonné à la colonne de faire une halte et, à toutes fins utiles, il avait fait placer les visiteurs dans la mire discrète d'un certain nombre de fusils. Les membres tremblants et la bouche écumante, les chevaux soufflèrent quand on les arrêta. Les deux hommes saluèrent et l'un d'eux dit, Nous sommes porteurs d'un message du secrétaire pêro de alcáçova carneiro pour le commandant de la force qui accompagne l'éléphant, Je suis ce commandant. L'homme ouvrit son sac, en retira un papier plié en quatre, scellé avec le timbre officiel du secrétariat du royaume, et il le remit au commandant, lequel s'éloigna de quelques dizaines de pas pour le lire. Ses yeux brillaient lorsqu'il revint. Il prit le sergent à part et lui dit, Sergent, faites donner à manger à ces hommes et ordonnez qu'on leur prépare quelques provisions pour la route, Oui, mon commandant, Prévenez tout le monde qu'à partir de maintenant nous allons avancer à marche forcée, Oui, mon commandant, Il faut que nous arrivions à castelo rodrigo avant les espagnols, nous devons réussir à le faire, eux ne sont pas prévenus, nous si, Et si nous n'y parvenons pas, se hasarda à demander le sergent, Nous y parviendrons, de toute façon celui qui arrivera le premier attendra. Pour une phrase aussi simple que celle-là, celui qui arrivera le premier attendra, point n'était besoin que le secrétaire pêro de alcáçova carneiro écrive une lettre. Il y avait sûrement autre chose en jeu.

Les loups apparurent le lendemain. Nous avons tellement parlé d'eux ici qu'ils ont enfin décidé de se montrer. Ils ne semblent pas venir avec des intentions belliqueuses, peut-être parce que le résultat de la chasse pendant les dernières heures de la nuit a suffi à réconforter leur estomac, de surcroît, une colonne comme celle-ci, de plus de cinquante hommes, dont une bonne partie est armée, impose le respect et la prudence, les loups sont peut-être méchants, mais ils ne sont pas stupides. Experts dans l'évaluation relative des forces en présence, les leurs et celles d'autrui, ils ne se laissent pas entraîner par l'enthousiasme, ils ne perdent pas la tête, peut-être parce qu'ils n'ont ni drapeau ni fanfare pour les mener à la gloire, quand ils se lancent à l'attaque c'est pour gagner, règle qui en tout cas, comme on le verra plus loin, admet certaines exceptions. Ces loups n'avaient jamais vu d'éléphant. Il n'est donc pas étonnant, que l'un d'eux, doté de davantage d'imagination, eût pensé, pour autant que les loups aient une pensée analogue aux processus mentaux des humains, à la grande chance que serait pour leur bande de pouvoir disposer de ces tonnes de viande juste à la sortie de leur tanière, la table toujours mise, déjeuner, dîner et souper. Le naïf canis lupus signatus, nom latin du loup ibérique, ne sait pas que dans cette peau-là même les balles ne réussissent pas à pénétrer, il convient toutefois de reconnaître l'énorme différence qu'il y a entre les balles d'antan qui ne savaient presque jamais où elles allaient et les crocs de ces trois représentants du peuple des loups qui, du haut du mamelon sur lequel ils sont montés, contemplent le spectacle animé de la colonne d'hommes, de chevaux et de bœufs qui s'apprêtent à entreprendre une nouvelle étape de leur voyage vers castelo rodrigo. Il est bien possible que la peau de salomon ne soit pas en mesure de résister très longtemps à l'action concertée de trois dentures entraînées au dur métier de dévorer tout ce qui permet de survivre. Les hommes font des remarques sur les loups et l'un d'eux dit à ses voisins, Si jamais vous êtes attaqués par une de ces bêtes et si vous n'avez qu'un bâton pour vous défendre, débrouillez-vous pour qu'elle ne puisse jamais y planter ses crocs, Pourquoi, demanda quelqu'un, Parce que le loup avancera peu à peu le long du gourdin, toujours en continuant à y planter ses crocs jusqu'à arriver à ta portée et te bondir dessus, Diable d'animal, Il faut dire que les loups ne sont pas par nature les ennemis de l'homme et si parfois ils le paraissent, c'est parce que nous sommes pour eux un obstacle à la libre jouissance de ce que le monde peut offrir à un honnête loup, En tout cas, ces trois-là ne semblent pas faire montre d'hostilité ni de mauvaises intentions à notre égard, Ils ont sans doute mangé, de plus nous sommes trop nombreux ici pour qu'ils osent attaquer, par exemple, un des chevaux qui pour eux sont un mets de choix, Ils s'en vont, cria un des soldats. C'était vrai. L'immobilité qu'ils avaient conservée depuis leur arrivée s'était rompue. Maintenant, se détachant d'abord sur un fond de nuages et se déplaçant comme si au lieu de marcher ils glissaient, les loups, un à un, disparurent. Les reverrons-nous, demanda le soldat, C'est possible, ne serait-ce que parce qu'ils voudront savoir si nous sommes toujours ici ou si un cheval estropié n'est pas resté en arrière, dit l'homme qui connaissait les loups. Devant, la trompette fit entendre l'ordre de se préparer au départ. Environ une demi-heure plus tard, la colonne commença pesamment à se mettre en branle, d'abord le char à bœufs, puis l'éléphant et les hommes de peine, puis la cavalerie et, fermant le cortège, la charrette de l'intendance. La fatigue était générale. Pourtant le cornac avait déjà dit au commandant que salomon était fatigué et ce n'était pas tellement à cause de la distance parcourue depuis lisbonne, mais plutôt en raison de l'état exécrable des chemins, si nous nous obstinons à les qualifier de tels. Le commandant lui répondit que dans un jour, deux au maximum, ils apercevraient castelo rodrigo, Si nous sommes les premiers à arriver, ajouta-t-il, l'éléphant pourra se reposer pendant les jours ou les heures que les espagnols mettront pour venir, salomon se reposera ainsi que tous ceux qui avancent ici, hommes et bêtes, Et si c'est nous qui arrivons après, Cela dépendra de savoir s'ils sont pressés, des ordres qu'ils auront reçus, je suppose qu'ils auront envie de se reposer aussi pendant au moins une journée, Votre seigneurie sait que nous sommes placés sous votre responsabilité, pour ma part je désire seulement que jusqu'au bout ce qui est bon pour vous soit bon pour nous, Il en sera ainsi, dit le commandant. Il éperonna son cheval et prit la tête du cortège pour encourager le bouvier, car la vitesse de la progression de la colonne dépendait pour beaucoup de son savoir-faire en matière de locomotion, Allons, l'homme, aiguillonne-moi ces bœufs, cria-t-il, castelo rodrigo n'est plus très loin, nous allons bientôt pouvoir dormir sous des tuiles pendant une nuit, Et bouffer comme des êtres humains, j'espère, lâcha le bouvier en sourdine, pour ne pas être entendu. En tout cas les ordres donnés par le commandant ne tombèrent pas dans l'oreille d'un sourd. Le bouvier approcha l'extrémité de sa pique de la nuque des bœufs, il cria quelques mots d'encouragement dans le dialecte commun qui eurent un résultat positif et immédiat, une saccade brusque qui se maintiendra peut-être pendant les dix prochaines minutes ou un quart d'heure durant, à condition que le bouvier ne laisse pas la flamme faiblir. Ils établirent le campement après le coucher du soleil et à la première tombée de la nuit, plus morts que vifs, affamés, mais sans désir de manger, tellement ils étaient épuisés. Heureusement, les loups ne revinrent pas. S'ils l'avaient fait ils auraient pu circuler tout à leur aise au milieu du campement et choisir la victime la plus succulente parmi les chevaux. Il est certain qu'un vol aussi disproportionné n'eût pu être couronné de succès, un équidé est un animal trop grand pour être emporté en le traînant par terre, mais si nous devions décrire ici la frayeur des expéditionnaires en découvrant la présence de loups infiltrés, nous ne trouverions sûrement pas de mots assez forts, ce serait un sauve-qui-peut général. Rendons grâces au ciel d'avoir échappé à cette épreuve. Rendons-lui grâces aussi car déjà on aperçoit les tours imposantes du château, on a envie de dire comme l'autre, Aujourd'hui tu seras avec moi au paradis, ou, répétant les paroles plus terre à terre du commandant, Aujourd'hui nous dormirons sous des tuiles, il est bien vrai que les paradis ne sont pas tous semblables, il y en a avec houris et sans houris, toutefois, pour savoir dans quel paradis nous sommes, il suffira qu'on nous laisse regarder par le trou de la serrure. Un mur qui protège du vent du nord, un toit qui défende de la pluie et du serein, et il n'en faut guère plus pour vivre dans le plus grand confort du monde. Ou dans les délices du paradis.

Celui qui aura suivi ce récit avec suffisamment d'attention se sera étonné qu'après l'épisode divertissant du coup de pied que salomon administra au curé du village nous n'eussions pas évoqué d'autres rencontres avec les habitants de cette région, comme si nous traversions un désert et non pas un pays européen civilisé qui, par-dessus le marché, comme même les jeunes dans les écoles ne l'ignorent pas, donna de nouveaux mondes au monde. Il y eut des rencontres, mais de passage, au sens le plus immédiat du terme, c'est-à-dire que les gens sortaient des maisons pour voir qui arrivait et ils se trouvaient nez à nez avec l'éléphant, ce qui faisait que certains se signaient de stupéfaction et d'appréhension, et d'autres, pris aussi d'appréhension, riaient, sans doute à cause de la trompe. Rien, par conséquent, qui se puisse comparer à l'enthousiasme et à la quantité de gamins et aussi à quelque adulte désœuvré qui arrivent en courant de la petite ville, après avoir eu vent du voyage de l'éléphant, on ignore comment il était parvenu ici, nous voulons parler du bruit du voyage, pas de l'éléphant, lequel tardera encore à arriver. Nerveux, excité, le commandant ordonna au sergent d'envoyer quelqu'un demander à un des gamins plus âgés si les militaires espagnols étaient déjà là. Le garçon devait être galicien car il répondit à la question par une autre, Qu'est-ce qu'ils viennent faire ici, il va y avoir la guerre, Réponds, les espagnols sont-ils arrivés ou non, Non, monsieur, ils ne sont pas arrivés. L'information fut transmise au commandant, sur la bouche duquel le sourire le plus radieux se dessina instantanément. Cela ne faisait aucun doute, le destin semblait décidé à favoriser les armes du portugal.

Il leur fallut encore presque une heure avant de pénétrer dans la ville, une caravane d'hommes et de bêtes épuisés par la fatigue qui avaient à peine la force de lever un bras ou de secouer les oreilles pour remercier des applaudissements avec lesquels les habitants de castelo rodrigo les accueillaient. Un représentant du gouverneur les conduisit jusqu'à la place d'armes de la fortification qui pouvait contenir au moins dix caravanes comme celle-ci. Trois membres de la famille des châtelains attendaient là, ils accompagnèrent ensuite le commandant dans son inspection des locaux prévus pour abriter les hommes, sans oublier ceux dont les espagnols auraient besoin au cas où ils ne bivouaqueraient pas à l'extérieur du château. Le gouverneur, à qui le commandant alla présenter ses respects après l'inspection, dit, Il est plus que probable qu'ils installeront leur campement en dehors des murailles du château, ce qui, par ailleurs, aurait le grand avantage de réduire l'éventualité d'un affrontement, Pourquoi votre seigneurie pense-t-elle que des affrontements pourraient se produire, demanda le commandant, On ne sait jamais avec les espagnols, depuis qu'ils ont un empereur on dirait qu'ils se croient tout permis, et ce serait encore bien pire si au lieu des espagnols c'était des autrichiens qui venaient, Sont-ils des gens méchants, demanda le commandant, Ils se croient supérieurs aux autres, C'est un péché généralisé, moi, par exemple, je me crois supérieur à mes soldats, mes soldats se croient supérieurs aux hommes de peine, Et l'éléphant, demanda le gouverneur avec un sourire, L'éléphant ne compte pas, il n'est pas de ce monde, répondit le commandant, Je l'ai vu arriver d'une fenêtre, c'est effectivement un animal superbe, j'aimerais le voir de plus près, Il est entièrement vôtre quand vous voudrez, Je ne saurais qu'en faire, si ce n'est le nourrir, Je préviens votre seigneurie que cette bête a besoin d'une quantité impressionnante de nourriture, C'est ce que j'ai entendu dire et je ne viens pas pour devenir le propriétaire d'un éléphant, je suis un simple gouverneur de province, C'est-à-dire que vous n'êtes ni roi ni archiduc, Exactement, ni roi ni archiduc, je ne dispose que de ce qui m'appartient en propre. Le commandant se leva, Je ne vais pas vous retenir plus longtemps, je vous suis très obligé de la courtoisie avec laquelle vous m'avez reçu, Je suis au service du roi, commandant, je n'en aurais le mérite que si vous acceptiez d'être l'hôte de cette maison pendant votre séjour à castelo rodrigo, Je vous sais gré de votre invitation, qui m'honore bien plus que vous ne pourriez l'imaginer, mais je dois rester avec mes hommes, Je comprends, j'ai le devoir de comprendre, cependant j'espère que vous ne vous déroberez pas à un souper un de ces prochains jours, Très volontiers, encore que cela dépende du temps que je devrai attendre, imaginez que les espagnols apparaissent dès demain, ou même encore aujourd'hui, J'ai des guetteurs de l'autre côté qui sont chargés de me prévenir, Comment le font-ils, Avec des pigeons voyageurs. Le commandant prit un air dubitatif, Des pigeons voyageurs, s'étonna-t-il, j'en ai entendu parler, mais, franchement, je ne crois pas qu'un pigeon soit capable de voler pendant autant d'heures qu'on le dit, sur des distances énormes, pour retourner sans se tromper dans le pigeonnier où il est né, Eh bien, vous allez avoir l'occasion de le vérifier de vos propres yeux, si vous le permettez, je vous ferai appeler quand le pigeon arrivera afin que vous assistiez à la récupération et à la lecture du message qu'il apportera attaché à une patte, Si cela arrive, il ne manquera plus que les messages nous parviennent par la voie des airs sans avoir besoin des ailes d'un pigeon, Je suppose que ce serait un peu plus difficile, dit le gouverneur avec un sourire, mais dans ce bas monde tout peut arriver, Dans ce bas monde, Il n'y a pas d'autre façon, commandant, le monde est indispensable,

Je ne dois pas vous dérober davantage de temps, J'ai pris un grand plaisir à m'entretenir avec vous, commandant, Pour moi, monsieur le gouverneur, après ce voyage, ce fut comme un verre d'eau fraîche, Un verre d'eau fraîche que je ne vous ai pas offert, Ce sera pour la prochaine fois, N'oubliez pas mon invitation, dit le gouverneur alors que le commandant descendait déjà l'escalier de pierre, Je serai ponctuel, votre seigneurie.

À peine entré dans le château, il ordonna au sergent de se présenter, il lui donna des instructions à propos du sort prochain des trente hommes recrutés pour les travaux de force. Puisqu'ils avaient cessé d'être nécessaires, ils resteraient encore le lendemain pour se reposer, mais retourneraient chez eux le surlendemain, Avertissez le personnel de l'intendance pour qu'il prépare une quantité raisonnable de nourriture, trente hommes, ce sont trente bouches, trente langues et une énorme quantité de dents, il ne sera évidemment pas possible de les ravitailler pendant tout le temps qu'ils mettront avant d'arriver à lisbonne, qu'ils se débrouillent en chemin, qu'ils travaillent ou alors, Qu'ils volent, dit le sergent après cette suspension, afin de ne pas laisser la phrase inachevée, Qu'ils s'arrangent comme ils pourront, dit le commandant, recourant, faute de mieux, à une des phrases qui composent la panacée universelle, à la tête de laquelle s'exhibe, en tant qu'exemple parfait de l'hypocrisie personnelle et sociale la plus éhontée, celle qui recommande la patience au pauvre à qui l'on vient de refuser une aumône. Les hommes qui avaient fait office de chefs d'équipe voulurent savoir quand ils pourraient être payés pour leur travail et le commandant leur fit dire qu'il ne savait pas, mais qu'ils se rendent au palais royal et entrent en contact avec le secrétaire ou avec celui qui le représenterait, Mais je vous conseille, le sergent répéta la phrase mot pour mot, de ne pas vous y rendre tous ensemble, car trente loqueteux à la porte du palais comme s'ils voulaient l'attaquer feraient mauvais genre, à mon avis ce seront les chefs d'équipe qui devront y aller et personne d'autre, et que ceux-là s'efforcent d'être aussi propres sur eux que faire se pourra. L'un d'eux, plus tard, rencontrant par hasard le commandant, demanda à lui parler, il souhaitait seulement lui dire qu'il regrettait beaucoup de ne pouvoir aller à valladolid. Le commandant ne sut que répondre, pendant quelques secondes ils s'entre-regardèrent en silence, puis chacun s'en fut vaquer à ses affaires.

Le commandant fit un résumé rapide de la situation à ses soldats, ceux-ci attendraient que les espagnols arrivent, on ne sait pas encore quand, pour l'instant on n'a aucune nouvelle, arrivé là le commandant retint au tout dernier moment une allusion aux pigeons voyageurs, conscient des conséquences fâcheuses du moindre relâchement de la discipline. Il ne savait pas que parmi ses subordonnés il y avait deux amoureux des pigeons, deux colombophiles, vocable qui n'existait pas encore à l'époque, sauf peut-être parmi les initiés, mais qui avait, qui sait, déjà commencé à frapper aux portes avec l'air distrait que prennent les mots nouveaux en demandant qu'on les laisse entrer. Les soldats étaient debout, en position de repos, posture exécutée ad libitum, sans se préoccuper d'harmonie corporelle. Un temps viendra où être au repos officiellement coûtera autant d'efforts à un militaire qu'à la plus raide des sentinelles, avec l'ennemi embusqué de l'autre côté de la route. Sur le sol, du foin avait été étendu en une épaisseur suffisante pour que les ailes des omoplates n'eussent pas à souffrir par trop du contact avec la dureté intraitable du dallage. Enchevêtrés, les fusils s'alignaient le long d'un mur. Plaise à dieu qu'il ne soit pas nécessaire de les utiliser, pensa l'officier, préoccupé par la possibilité que la livraison de salomon ne dégénère en casus belli par manque de tact d'un côté ou de l'autre. Il avait bien présentes à l'esprit les paroles du secrétaire pêro de alcáçova carneiro, les paroles explicites évidemment, mais surtout celles qui, bien que n'ayant pas été écrites, étaient sous-entendues, à savoir que si les espagnols, ou les autrichiens, ou les uns et les autres, en venaient à se montrer antipathiques ou provocateurs, il conviendrait d'agir en conséquence. Le commandant ne parvenait pas à imaginer sous quel prétexte les soldats en route, qu'ils fussent espagnols ou autrichiens, se montreraient provocateurs, ou tout bonnement antipathiques. Un commandant de cavalerie n'a ni les lumières ni l'expérience politique d'un secrétaire d'état, par conséquent il sera bien avisé de se laisser guider par qui est plus savant que lui, jusqu'à ce que l'heure d'agir arrive, si tant est qu'elle arrive. Le commandant tournait et retournait ces pensées dans son esprit lorsque subhro fit son entrée dans la chambrée improvisée où quelques bottes de foin lui avaient été réservées grâce à la diligence du sergent. En le voyant, le commandant éprouva un malaise qui ne pouvait être attribué qu'à sa mauvaise conscience pour ne s'être pas préoccupé de l'état de santé de salomon, il n'était pas allé le voir, comme si, avec l'arrivée à castelo rodrigo, sa mission avait pris fin. Comment va salomon, demanda-t-il, Quand je l'ai laissé, il dormait, répondit le cornac, Un animal courageux, s'exclama le commandant avec un faux enthousiasme, Il est allé là où on l'a amené, la force et la résistance sont nées avec lui, ce ne sont pas des vertus qui lui sont propres, Je te trouve bien sévère avec ce pauvre salomon, C'est peut-être dû à une histoire qu'un des assistants vient de me raconter, Quelle histoire, demanda le commandant, L'histoire d'une vache, Les vaches ont-elles des histoires, demanda de nouveau le commandant avec un sourire, Celle-là, oui, le temps que durèrent douze jours et douze nuits dans des montagnes de la galice, avec du froid, de la pluie, du gel, de la boue et des pierres comme des poignards, et des fourrés comme des ongles, et de brefs intervalles de repos, et encore des combats et des assauts, et des hurlements, et des mugissements, l'histoire d'une vache qui s'était perdue dans les champs avec son veau qu'elle allaitait, et elle se vit entourée de loups pendant douze jours et douze nuits, elle fut obligée de se défendre et de protéger son petit, une très longue bataille, l'agonie de vivre au seuil de la mort, un cercle de crocs, de gueules béantes, de brusques attaques, de coups de corne qui se devaient d'être infaillibles, la nécessité de lutter pour elle-même et pour un petit animal qui ne pouvait pas se défendre tout seul, et aussi les moments où le veau cherchait les mamelles de sa mère et tétait lentement, pendant que les loups s'approchaient, l'échine basse et les oreilles dressées. Subhro poussa un profond soupir et poursuivit, Au bout de douze jours la vache fut retrouvée saine et sauve, ainsi que le veau, et les bêtes furent conduites en triomphe au village, toutefois l'histoire ne s'arrête pas là, elle se poursuivit pendant encore deux jours, à la fin desquels, la vache étant devenue sauvage car elle avait appris à se défendre, personne ne parvenait plus à la maîtriser ni même à s'en approcher, la vache fut tuée, les villageois la tuèrent, pas les loups, qu'elle avait vaincus au bout de douze jours, mais les hommes mêmes qui l'avaient sauvée, peut-être même son maître, incapables de comprendre qu'ayant appris à combattre, cet animal précédemment résigné et paisible ne pourrait plus jamais cesser de lutter.

Un silence respectueux régna pendant quelques secondes dans la grande salle de pierre. Les soldats présents, bien qu'ils n'eussent pas une grande expérience des guerres, il suffira de dire que les plus jeunes n'avaient jamais senti l'odeur de la poudre sur les champs de bataille, s'étonnaient en leur for intérieur du courage d'un irrationnel, une vache, imaginez un peu, qui avait apporté la preuve qu'elle possédait des sentiments aussi humains que l'amour de la famille, le don du sacrifice personnel, l'abnégation poussée à l'extrême. Le premier à parler fut le soldat qui connaissait très bien les loups, Ton histoire est jolie, dit-il à subhro, et cette vache mériterait au moins une médaille pour son courage et son mérite, mais il y a dans ce récit des éléments peu clairs et même assez douteux, Par exemple, demanda le cornac du ton de l'homme qui s'apprêtait déjà à se battre, Par exemple, qui t'a raconté cette histoire, Un galicien, Et comment en a-t-il pris connaissance, Il doit l'avoir entendue de la bouche de quelqu'un, Ou lue, Je ne crois pas qu'il sache lire, Il l'a entendue et l'a apprise par cœur, C'est possible, je me suis borné à la répéter du mieux que j'ai pu, Tu as une bonne mémoire, d'autant plus que l'histoire est racontée dans un langage peu ordinaire, Merci, dit subhro, mais maintenant j'aimerais savoir quelles choses peu claires et même assez douteuses tu trouves dans ce récit, La première c'est le fait qu'on donne à entendre, ou plutôt qu'on affirme carrément que le combat entre la vache et les loups a duré douze jours et douze nuits, ce qui signifierait que les loups ont attaqué dès la première nuit, puis se sont retirés, probablement avec des pertes, lors de la dernière, Nous n'étions pas là, nous n'avons pas pu voir, Oui, mais ceux qui connaissent un peu les loups savent que ces bêtes, même si elles vivent en bandes, chassent seules, Où veux-tu en venir, demanda subhro, À ce que la vache n'aurait pas pu résister à une attaque concertée de trois ou quatre loups, et je ne dis pas douze jours, mais une seule heure, Alors, tout est mensonge dans l'histoire de la vache lutteuse, Non, seules les exagérations sont des mensonges, les ornements du langage, les semi-vérités qui veulent passer pour des vérités entières, Que crois-tu donc qu'il se soit passé, demanda subhro, Je crois que la vache s'est vraiment égarée, qu'elle a été attaquée par un loup, qu'elle s'est battue avec lui et l'a obligé à s'enfuir alors qu'il était peut-être blessé, puis elle est restée dans le coin, broutant et allaitant son veau, jusqu'à ce qu'on la retrouve, Et un autre loup n'aurait pas pu surgir, Si, mais ce serait déjà beaucoup d'imagination, pour justifier une médaille récompensant le courage et le mérite un seul loup suffit. L'assistance applaudit, pensant que, tout bien considéré, la vache galicienne méritait la vérité autant que la médaille.

Réunie le matin à la première heure, l'assemblée générale des transporteurs décida, sans voix contre, que le retour à lisbonne se ferait par des routes moins pénibles et dangereuses qu'à l'aller, par des chemins plus affables et moelleux sous les pieds et sans craindre le regard jaune des loups et les manœuvres insidieuses avec lesquelles, peu à peu, ils acculent le cerveau de leurs victimes. Non pas que les loups ne se montrent jamais dans les régions côtières, au contraire, on les y aperçoit souvent et ils effectuent de grandes razzias dans les troupeaux, mais il y a une différence considérable entre marcher au milieu de rochers qui vous serrent le cœur rien qu'à les regarder et marcher dans le sable frais des plages de pêcheurs, braves gens toujours prêts à vous céder une demi-douzaine de sardines en échange d'une aide, même symbolique, pour haler leur bateau. Les transporteurs ont reçu leur ration de nourriture et attendent à présent la venue de subhro et de l'éléphant pour procéder aux adieux. Quelqu'un a eu cette idée, sans doute le cornac lui-même. Et l'on ignore comment elle aura pris naissance dans son esprit, car il n'y en a aucune trace écrite. Une personne peut être étreinte par un éléphant, mais il est impossible d'imaginer le geste contraire. Et quant à une poignée de main, elle est tout bonnement impensable, cinq doigts humains insignifiants ne pourront jamais enserrer une grosse patte épaisse comme un tronc d'arbre. Subhro les fit s'aligner sur deux rangées, quinze devant et quinze derrière, laissant la distance d'une coudée entre chaque file de deux hommes, ce qui indiquait que très probablement l'éléphant ne ferait rien d'autre que défiler devant eux comme s'il passait les troupes en revue. Subhro prit de nouveau la parole pour dire que chaque homme, quand salomon s'arrêterait devant lui, devrait tendre la main droite, paume vers le haut, et attendre le geste d'adieu. Et n'ayez pas peur, salomon est triste, mais pas fâché, il s'était habitué à vous et il vient de découvrir que vous allez partir, Comment l'a-t-il appris, C'est une de ces choses qu'il ne vaut même pas la peine de demander, si nous l'interrogions directement, il ne nous répondrait sûrement pas, Parce qu'il ne sait pas ou parce qu'il ne veut pas, Je crois que dans la tête de salomon ne pas vouloir et ne pas savoir se confondent dans une grande interrogation sur le monde dans lequel il est amené à vivre, d'ailleurs je crois que nous sommes tous dans cette interrogation, nous et les éléphants. Subhro pensa aussitôt qu'il venait de proférer une phrase stupide, une de ces phrases qui pourrait occuper une place de choix sur la liste des bouche-trous, Heureusement que personne ne l'a comprise, murmura-t-il en s'éloignant pour aller chercher l'éléphant, l'ignorance a ceci de bon qu'elle nous défend contre les faux savoirs. Là-bas dehors, les hommes s'impatientaient, ils brûlaient de l'envie de se mettre en route, ils suivraient la rive gauche du douro pour plus de sécurité, jusqu'à arriver à la ville de porto qui avait la réputation de bien accueillir les gens et où certains d'entre eux envisageaient déjà de s'établir, dès que la question du paiement du salaire serait réglée, ce qui ne pourrait avoir lieu qu'à lisbonne. Sur ces entrefaites, chacun étant plongé dans ses pensées, salomon apparut, déplaçant pesamment ses quatre tonnes de chair et d'os et ses trois mètres de hauteur. Plusieurs hommes pas très intrépides sentirent leur estomac se contracter à l'idée que quelque chose pourrait mal tourner pendant ces adieux, car sur la question des adieux entre espèces animales différentes, comme nous l'avons déjà dit, il n'existe aucune bibliographie. Aidé par ses deux acolytes, qui verront bientôt s'achever le doux farniente dans lequel ils ont vécu depuis qu'ils ont quitté lisbonne, subhro arrive assis sur l'ample nuque de salomon, ce qui ne fit qu'accroître l'inquiétude des hommes alignés. La question était dans toutes les têtes, Comment pourra-t-il nous porter secours de là-haut. Les deux rangées oscillèrent plusieurs fois, comme secouées par un vent violent, mais les transporteurs ne se dispersèrent pas. D'ailleurs, ç'eût été inutile car l'éléphant approchait. Subhro le fit s'arrêter devant l'homme qui se trouvait à l'extrémité droite de la première rangée et dit d'une voix claire, Main tendue, paume tournée vers le haut. L'homme fit ce qu'on lui ordonnait, la main était là, apparemment ferme. Alors l'éléphant posa sur la main ouverte l'extrémité de sa trompe et l'homme répondit instinctivement au geste en la serrant comme si c'était la main d'une personne, tout en essayant de dominer le serrement qui s'ébauchait dans sa gorge et qui pourrait, si on le laissait libre, finir par des larmes. L'homme tremblait des pieds à la tête pendant que subhro, de là-haut, le regardait avec sympathie. La même mimique se répéta plus ou moins avec l'homme à côté, mais il y eut aussi un cas de rejet mutuel, l'homme ne voulut point tendre la main et l'éléphant n'avança pas la trompe, une espèce d'antipathie foudroyante, instinctive, que personne n'eût su expliquer, puisque rien ne s'était passé pendant le voyage qui eût pu laisser prévoir semblable hostilité. En revanche, il y eut des instants d'émotion très vive, comme dans le cas de cet homme qui éclata en pleurs convulsifs comme s'il venait de retrouver un être cher dont il n'avait pas eu de nouvelles depuis bien des années. L'éléphant fut particulièrement aimable avec lui. Il passa sa trompe sur ses épaules et sa tête en des caresses qui semblaient quasiment humaines, tant la douceur et la tendresse qui s'en dégageaient au moindre mouvement étaient grandes. Pour la première fois dans l'histoire de l'humanité, un animal prit congé, au sens propre du terme, de plusieurs êtres humains comme s'il leur devait amitié et respect, ce que les préceptes moraux de nos codes de comportement sont loin de confirmer, mais qui se trouvent peut-être inscrits en lettres d'or dans les lois fondamentales de l'espèce éléphantine. Une lecture comparative des documents des deux parties serait sûrement passablement éclairante et nous aiderait peut-être à comprendre la réaction négative mutuelle qu'à notre grand chagrin nous dûmes décrire plus haut par amour de la vérité. Au fond, peut-être les hommes et les éléphants ne parviendront-ils jamais à s'entendre. Salomon vient d'émettre un barrissement qui a dû se percevoir à une lieue de castelo rodrigo, pas une lieue actuelle, mais une lieue plus ancienne et bien plus courte. Les raisons et les intentions du cri strident qui jaillit de ses poumons ne sont pas faciles à déchiffrer par des gens comme nous, si ignorants en matière d'éléphants. Et si nous allions demander à subhro ce qu'il en pense en sa qualité d'expert, il ne voudra sûrement pas se compromettre et nous répondra de façon évasive, le genre de réponse qui ferme la porte à toute autre tentative de questionnement. En dépit des incertitudes, toujours présentes lorsqu'on parle des langues différentes, il semble justifié d'admettre que la cérémonie d'adieux ait plu à l'éléphant salomon. Les transporteurs s'étaient déjà mis en route. La coexistence avec les militaires les avait poussés, presque à leur insu, à adopter certaines habitudes de discipline comme celles qui peuvent découler de l'ordre de se placer en formation, par exemple, choisir entre organiser une colonne sur deux ou trois lignes, dans la mesure où disposer trente hommes d'une façon ou d'une autre n'est pas équivalent, dans le premier cas la colonne serait composée de quinze files, une longueur exagérée facile à rompre à la plus légère commotion personnelle ou collective, alors que dans le second cas les files seraient réduites à un bloc compact de dix auquel seuls manqueraient les boucliers pour ressembler à la tortue romaine. Cependant, la différence est surtout psychologique. N'oublions pas que ces hommes ont une longue marche devant eux et qu'il est naturel que pendant ce temps ils bavardent pour faire passer le temps. Or deux hommes qui devraient marcher ensemble pendant deux ou trois heures d'affilée, même si l'on imagine que le désir de communiquer soit grand, finiront fatalement, tôt ou tard, par tomber dans des silences gênés et peut-être même par se haïr. Certains de ces hommes ne seront peut-être pas capables de résister à la tentation de précipiter l'autre dans un ravin. Les gens qui disent que trois est le compte de dieu, le compte de la paix, le compte de la concorde, ont donc raison. Si l'on est trois, au moins une personne pourra se taire pendant quelques minutes sans que cela se remarque trop. Le pire c'est lorsque l'un d'eux envisage d'éliminer un autre pour lui chiper ses provisions, par exemple, et qu'il invite le troisième à collaborer à l'action répréhensible, et que celui-ci lui répond avec regret, Je ne peux pas, j'ai déjà promis d'aider à te trucider toi.

L'on entendit le trot fougueux d'un cheval. C'était le commandant qui venait dire au revoir aux transporteurs et leur souhaiter bon voyage, attention à laquelle on ne se serait pas attendu de la part d'un officier de l'armée quel que soit son bon fond de moralité déjà reconnu, mais qui ne serait pas vu d'un bon œil par ses supérieurs, défenseurs acharnés d'un précepte aussi vieux que la cathédrale de braga, selon lequel il y a une place pour chaque chose afin que chaque chose ait sa place et n'en sorte pas. Rien de plus louable en tant que principe de base pour un arrangement familial efficace, mais qui devient néfaste lorsqu'on prétend classer de la même façon les gens dans des compartiments. Il semble plus qu'évident que les transporteurs, au cas où se concrétiseraient les conspirations d'assassinat en train de germer dans certaines cervelles, ne méritent pas ce genre de délicatesse. Laissons-les donc livrés à leur sort et voyons ce que veut cet homme qui approche à toute vitesse, encore que ses jambes ne l'aident guère à cause de l'âge. Les paroles haletantes qu'il prononce lorsqu'il est à portée de voix sont les suivantes, Monsieur le gouverneur fait dire à votre seigneurie que le pigeon est arrivé. Finalement, c'était vrai, les pigeons voyageurs rentrent à la maison. La demeure du gouverneur n'était pas bien loin de là, mais le commandant lança son cheval à une vitesse telle qu'on aurait dit qu'il avait l'intention d'arriver à valladolid avant l'heure du déjeuner. Moins de cinq minutes après il mettait pied à terre devant la porte du manoir, il gravissait quatre à quatre l'escalier et demandait au premier domestique venu de le conduire auprès du gouverneur. Il ne fut pas nécessaire d'aller le quérir car déjà il arrivait avec un air de satisfaction sur le visage tel qu'on l'imagine chez les amoureux de la colombophilie devant les triomphes de leurs pupilles. Il est arrivé, il est arrivé, suivez-moi, disait-il avec enthousiasme. Ils sortirent sur un vaste balcon couvert où une immense cage en osier occupait une bonne partie du mur auquel elle était fixée. Voici le héros, dit le gouverneur. Le message était encore attaché à la patte du pigeon, situation que le propriétaire jugea bon d'expliquer, En général, je retire le message dès que le pigeon se pose et je le fais parce que je ne veux pas qu'il ait l'impression de s'être donné de la peine pour rien, mais cette fois j'ai préféré attendre votre arrivée pour vous donner pleine satisfaction, Je ne sais comment vous remercier, monsieur le gouverneur, croyez que c'est pour moi un jour à marquer d'une pierre blanche, Je n'en doute point, commandant, hallebardes et escopettes ne sont pas tout dans la vie. Le gouverneur ouvrit la porte de la cage, y introduisit le bras et attrapa le pigeon qui ne résista pas et n'essaya pas de s'enfuir, comme s'il s'était déjà étonné qu'on ne lui prêtât pas attention. Avec des mouvements rapides, mais précautionneux, le gouverneur défit les nœuds, déroula le message, un étroit ruban de papier qui devait être coupé de la sorte afin de ne point entraver les mouvements du volatile. En phrases brèves, le guetteur informait que les soldats étaient des cuirassiers, une quarantaine, tous autrichiens, comme autrichien aussi était le capitaine qui les commandait, et aucun personnel civil ne les accompagnait ou n'était visible. Avec un train d'équipage plutôt léger, dit le commandant des cavaliers lusitaniens, On dirait, rétorqua le gouverneur, Et les armes, Il n'est pas fait état d'armes, j'imagine qu'il n'aura pas jugé prudent d'inclure des renseignements de cette nature, en revanche il dit qu'étant donné l'allure à laquelle ils avancent ils arriveront sûrement à la frontière demain, vers les douze heures du midi, Ils viennent tôt, Nous devrions peut-être les inviter à déjeuner, Quarante autrichiens, monsieur le gouverneur, n'y songez pas, même s'ils se présentent avec un équipage léger, ils ont certainement des victuailles avec eux ou de l'argent pour en acheter, qui plus est, ils n'aiment sûrement pas ce que nous mangeons, sans compter que nourrir quarante bouches ne s'improvise pas au pied levé, en ce qui nous concerne nous commençons déjà à être quelque peu à court de vivres, à mon avis, monsieur le gouverneur, il vaudrait mieux que chacun s'occupe des siens, cependant que dieu s'occupera de tous, Quoi qu'il en soit, je ne vous dispense en aucun cas du dîner de demain, Vous pouvez compter sur moi, mais si je ne me trompe, vous comptez aussi inviter le capitaine autrichien, Je vous félicite de votre perspicacité, Et pourquoi cette invitation, si ce n'est pas trop abuser de votre confiance, Ce sera un geste d'apaisement politique, Vous vous attendez vraiment à ce que semblable geste d'apaisement s'avère nécessaire, voulut savoir le commandant, L'expérience m'a déjà enseigné que l'on peut s'attendre à tout de la part de deux détachements militaires se faisant face à une frontière, Je ferai tout mon possible pour éviter le pire, je ne veux pas perdre un seul de mes hommes, mais s'il faut user de la force, je n'hésiterai pas un instant, et maintenant, monsieur le gouverneur, permettez-moi de me retirer, mes gens vont beaucoup avoir à faire, à commencer par nettoyer du mieux qu'ils pourront les uniformes, nous les endossons depuis presque deux semaines sous le soleil et sous la pluie, nous dormons sans les enlever, nous nous réveillons avec eux, nous ressemblons à une horde de mendiants bien plus qu'à un détachement militaire, Très bien, monsieur le commandant, demain, quand les autrichiens arriveront, je serai à vos côtés, comme il est de mon devoir, Entièrement d'accord, monsieur le gouverneur, si d'ici là vous avez besoin de moi, vous savez où me trouver.

De retour au château, le commandant ordonna à la troupe de se rassembler. La harangue ne fut pas longue, mais elle contint tout ce qu'il fallait savoir. En premier lieu, sous aucun prétexte il ne sera permis aux autrichiens de pénétrer dans le château, quand bien même il faudrait recourir aux armes. Ce serait la guerre, poursuivit-il, et j'espère que nous n'aurons pas à en venir à pareille extrémité, mais nous obtiendrons d'autant plus facilement ce que nous souhaitons si nous parvenons rapidement à convaincre les autrichiens que nous parlons sérieusement. Nous attendrons leur arrivée hors des murs et nous ne bougerons pas d'ici, même s'ils font mine de vouloir entrer. En ma qualité de commandant, je me chargerai de parlementer, de vous je souhaite simplement qu'en ces premiers instants votre visage soit comme un livre ouvert à une page où seront écrits les mots, Vous n'entrez pas ici. Si nous réussissons à les en empêcher, et il nous faudra y parvenir coûte que coûte, les autrichiens seront obligés de bivouaquer hors des murs, ce qui les placera d'entrée de jeu dans une position d'infériorité. Il se peut que tout ne se passe pas aussi facilement que mes paroles semblent le promettre, mais je vous garantis que je ferai tout mon possible pour que les autrichiens entendent de ma bouche une réponse qui ne fera pas honte à cette arme de la cavalerie à laquelle nous avons voué notre vie. Même s'il n'y a pas de querelle, même si nous ne tirons pas un seul coup de fusil, il faut que la victoire nous appartienne, comme elle devra aussi nous appartenir si l'on nous oblige à faire usage de nos armes. En principe ces autrichiens viennent uniquement à figueira de castelo rodrigo pour nous souhaiter la bienvenue et nous accompagner à valladolid, mais nous avons des raisons de soupçonner que leur but est d'emmener salomon et de nous planter là comme des imbéciles. Je puis vous assurer qu'étant qui je suis, ils verront vite à qui ils ont affaire. Demain, avant dix heures, je veux deux guetteurs sur la plus haute tour du château, au cas où ils auraient fait courir le bruit qu'ils arriveront à midi alors qu'ils nous surprendraient en train de donner à boire à nos chevaux. On ne sait jamais avec les autrichiens, conclut le commandant, sans prendre le temps de réfléchir qu'en matière d'autrichiens ceux-ci seraient les premiers, et probablement les seuls, de sa vie.

Le commandant avait raison d'être méfiant, dix heures venaient à peine de sonner quand du haut de la tour les cris d'alarme des guetteurs retentirent, Ennemi en vue, Ennemi en vue. Il est certain que les autrichiens, du moins dans leur version militaire, ne jouissent pas d'une bonne réputation parmi ces soldats portugais, mais de là, sans autre forme de procès, à les qualifier d'ennemis, il y a une distance que le bon sens ne peut que blâmer avec la dernière sévérité, appelant l'attention des imprudents sur les dangers des jugements hâtifs et de la tendance à émettre des condamnations sans preuves. Cette histoire a cependant une explication. Il avait été ordonné aux guetteurs de donner l'alarme, mais personne, pas même le commandant, en général si prévoyant, n'avait pensé à leur dire en quoi devait consister cette alarme. Face au dilemme d'avoir à choisir entre Ennemis en vue, que n'importe quel civil est capable de distinguer, et un bien peu martial Les visiteurs sont en train d'arriver, l'uniforme qu'ils portaient décida de trancher pour son compte en s'exprimant avec le vocabulaire et le timbre de voix qui lui sont propres. Le dernier écho de l'alerte vibrait encore dans l'air que déjà les soldats se précipitaient sur les créneaux pour voir l'ennemi en question, lequel, à cette distance de quatre ou cinq kilomètres, n'était qu'une tache presque noire qui semblait à peine avancer et qui, contre toute attente, n'était pas équipée de cuirasses étincelantes. Un soldat dissipa le doute, Ce n'est pas étonnant, ils ont le soleil dans le dos, ce qui, reconnaissons-le, est bien plus beau, bien plus littéraire, que de dire, Ils sont à contre-jour. Les chevaux, tous zains et alezans avec un pelage dans différentes teintes de châtain, d'où la tache sombre qu'ils constituaient, avançaient au petit trot. Ils auraient pu marcher au pas, la différence ne se serait pas remarquée, mais c'eût gâché l'effet psychologique d'une avancée qui se voulait imparable, mais qui en même temps savait gérer les moyens à sa disposition. Il est évident qu'un bon galop avec épées brandies en l'air, du genre charge de la brigade légère, eût offert à la galerie des effets spéciaux beaucoup plus spectaculaires, mais pour une victoire aussi facile que celle-ci promettait de l'être, il serait absurde de fatiguer les chevaux au-delà de ce qui était strictement nécessaire. C'est ce qu'avait pensé le commandant autrichien, homme doté d'une longue expérience des champs de bataille en europe centrale et il transmit cette idée aux militaires sous ses ordres. Pendant ce temps, castelo rodrigo se préparait au combat. Après avoir sellé les chevaux, les soldats les conduisirent dehors au pas et les laissèrent là sous la garde d'une demi-douzaine de camarades, les plus à même de s'acquitter d'une mission de simple pacage à condition qu'il y eût quelque chose à paître devant la porte du château. Le sergent s'en fut prévenir le gouverneur que l'autrichien arrivait, Ils tarderont encore un bout de temps, mais nous devons être prêts, dit-il. Très bien, répondit le gouverneur, je vous accompagne. Quand ils arrivèrent au château, la troupe était déjà en formation militaire en face de l'entrée, elle en obstruait l'accès, et le commandant s'apprêtait à prononcer sa dernière harangue. Attirée par le spectacle équestre gratuit et par la possibilité que l'éléphant sorte lui aussi, une bonne partie de la population de figueira de castelo rodrigo, hommes, femmes, enfants et vieillards, s'était rassemblée sur la place, ce qui poussa le commandant à dire au gouverneur à voix basse, Avec toute cette assistance, des hostilités sont peu probables, C'est aussi mon avis, mais avec l'autrichien on ne sait jamais, Avez-vous eu de mauvaises expériences avec eux, demanda le commandant, Ni mauvaises, ni bonnes, aucune, mais je sais que l'autrichien existe et pour moi cela suffit. Bien qu'il eût acquiescé de la tête en signe d'intelligence, le commandant ne perçut pas la subtilité, sauf à prendre autrichien pour synonyme d'adversaire, d'ennemi. Il décida donc de passer immédiatement au discours avec lequel il espérait soutenir l'enthousiasme défaillant de certains de ses hommes, Soldats, dit-il, le détachement autrichien approche. Ils viennent réclamer l'éléphant pour le conduire à valladolid, mais nous n'accéderons pas à cette requête, dût-elle se transformer en astreinte étayée par la force. Les soldats portugais respectent avec discipline les ordres de leur roi et de leurs autorités militaires et civiles. De personne d'autre. La promesse du roi d'offrir l'éléphant salomon à son altesse l'archiduc d'autriche sera ponctuellement tenue, mais uniquement dans le respect intégral des formes de la part des autrichiens. Quand nous retournerons chez nous la tête haute, nous aurons la certitude que ce jour sera à tout jamais gravé dans les mémoires, tant qu'existera le portugal on dira de chacun de nous, Il était à figueira de castelo rodrigo. L'allocution ne put arriver à son terme naturel, c'est-à-dire au moment où l'éloquence s'épuise et s'égare dans des lieux communs encore pires, car déjà les autrichiens débouchaient sur la place, leur commandant à leur tête. Des applaudissements de la population rassemblée se firent entendre, mais ils furent rares et manquèrent de conviction. Avec le gouverneur à son côté, le commandant de la troupe lusitanienne avança son cheval des quelques mètres nécessaires pour que l'on comprît qu'il accueillait les visiteurs conformément aux règles les plus raffinées de la courtoisie. Au même instant, une manœuvre des soldats autrichiens fit resplendir subitement au soleil les cuirasses en acier poli. L'effet sur l'assistance fut foudroyant. Devant les applaudissements et les exclamations de surprise qui jaillissaient de toutes parts, il devenait évident que, sans tirer un seul coup de feu, l'empire autrichien sortait victorieux de l'escarmouche initiale. Le commandant portugais comprit qu'il devait contre-attaquer immédiatement, mais ne voyait pas comment. Le gouverneur le tira d'embarras en lui disant à voix basse, En tant que gouverneur, je dois être le premier à parler, conservons notre calme. Le commandant fit reculer quelque peu son cheval, conscient de l'immense différence, en puissance et beauté, de sa monture comparée à la jument alezane chevauchée par l'autrichien. Déjà le gouverneur avait pris la parole, Au nom de la population de figueira de castelo rodrigo dont j'ai l'honneur d'être le gouverneur, je souhaite la bienvenue aux valeureux militaires autrichiens qui nous rendent visite et je forme le vœu qu'ils remportent les meilleurs succès dans l'exécution de la mission qui les amène ici, car je suis convaincu que cela contribuera à fortifier les liens d'amitié qui unissent nos deux pays. Soyez donc les bienvenus à figueira de castelo rodrigo. Un homme monté sur une mule s'avança et parla à l'oreille du commandant autrichien qui écarta son visage avec impatience. C'était le truchement, l'interprète. Quand la traduction prit fin, le commandant éleva sa voix puissante, habituée à ne pas être écoutée par des oreilles inattentives et encore moins qu'on y désobéisse, Vous savez pourquoi nous sommes ici, vous savez que nous sommes venus chercher l'éléphant pour l'emmener avec nous à valladolid, il importe que nous ne perdions pas de temps et que nous commencions d'ores et déjà les préparatifs du transfert, en sorte de pouvoir partir demain le plus tôt possible, telles sont les instructions que j'ai reçues de la personne habilitée à me les donner et que je ferai appliquer conformément à l'autorité dont je suis investi. Il était clair qu'il ne s'agissait pas d'une invitation à valser. Le gouverneur murmura, Notre souper tombe à l'eau. Ça m'en a tout l'air, dit le commandant. Puis il prit la parole à son tour, Mes instructions sont différentes, celles que j'ai reçues, également de la personne habilitée à me les donner, sont simples, conduire l'éléphant à valladolid et le remettre personnellement, sans intermédiaires, à l'archiduc d'autriche. Après ces paroles, délibérément provocatrices et qui auraient peut-être des conséquences graves, les variantes alternées de l'interprète seront éliminées du récit afin non seulement d'alléger la joute verbale, mais aussi pour insinuer habilement l'idée progressiste que la bataille d'arguments sera perçue par les deux parties en temps réel. On entend à présent le commandant autrichien, Je crains que votre attitude peu compréhensive fasse obstacle à un règlement pacifique du différend qui nous oppose, il est évident que le point central est que l'éléphant, quelle que soit la personne qui le conduise, devra aller à valladolid, toutefois des détails prioritaires sont à prendre en considération, le premier étant que l'archiduc maximilien en déclarant qu'il acceptait le cadeau est devenu ipso facto le propriétaire de l'éléphant, ce qui signifie que les idées de son altesse l'archiduc sur cette question devront avoir la préséance sur toute autre, quel qu'en soit le mérite, par conséquent, j'insiste, l'éléphant doit m'être remis à l'instant même, sans tergiversation, car c'est la seule façon d'éviter que mes soldats ne pénètrent dans le château par la force pour s'emparer de l'animal, J'aimerais bien voir comment vous vous y prendrez, car j'ai trente hommes qui défendent l'entrée et je n'envisage nullement de leur dire de se retirer ou de former des haies pour laisser passer vos quarante hommes. À cette heure la place était presque vide de civils, l'atmosphère commençait à sentir le roussi, dans ce genre de cas, une balle perdue est toujours possible ou un coup de plat d'une épée sur les lombes, quand la guerre n'est encore qu'un spectacle, le pire étant quand on prétend nous transformer en figurants dans la bataille, surtout lorsqu'on n'a ni formation ni expérience. Donc ceux qui entendirent la réponse du commandant autrichien à l'insolence du portugais furent fort peu nombreux, Les cuirassiers sous mon commandement pourront, sur un simple ordre de ma part, balayer du champ, en moins de temps que je n'en mettrai pour le dire, la faible force militaire, plus symbolique qu'effective, s'opposant à eux, et il en sera ainsi fait si l'obstination insensée dont fait montre le commandant n'est pas immédiatement abandonnée, ce qui m'oblige à vous prévenir que les inévitables pertes humaines qui dépendront du degré de résistance du camp portugais pourront être totales et ce sera de votre entière et unique responsabilité, ne venez pas vous plaindre ensuite, Dès lors que, si j'ai bien compris, votre seigneurie se propose de nous tuer tous, je ne vois pas très bien comment nous pourrons nous plaindre ensuite, je suppose que vous aurez quelque difficulté à justifier une action aussi violente contre des soldats qui ne font que défendre le droit de leur roi à établir les règles de la remise de l'éléphant offert à l'archiduc maximilien d'autriche qui, en l'occurrence, me semble avoir été fort mal conseillé, sur le plan politique comme sur le plan militaire. Le commandant autrichien ne répliqua pas sur-le-champ, il tournait et retournait dans sa tête l'idée qu'il devrait justifier devant vienne et lisbonne un acte aux conséquences aussi radicales, et à chaque tour la question lui semblait plus compliquée. Il crut enfin avoir découvert une solution conciliatrice, consistant à proposer qu'il fût permis à lui-même et à ses hommes de pénétrer dans le château pour vérifier l'état de santé de l'éléphant. Je suppose que vos soldats ne sont pas des maréchaux-ferrants, répondit le commandant portugais, quant à votre seigneurie, je ne sais pas, mais je ne pense pas qu'elle se soit spécialisée dans l'art de guérir les animaux, je ne vois donc aucune utilité à vous laisser entrer, du moins pas avant que ne me soit reconnu le droit d'aller à valladolid remettre en personne l'éléphant à son altesse l'archiduc d'autriche. Nouveau silence du commandant autrichien. Voyant que la réponse ne venait pas, le gouverneur dit, Je vais lui parler. Au bout de quelques minutes il revenait avec une expression de satisfaction sur le visage, Il est d'accord, Dites-lui alors, rétorqua le commandant portugais, que ce sera un honneur pour moi que de l'accompagner durant cette visite. Pendant que le gouverneur allait et venait, le commandant portugais ordonna au sergent de disposer la troupe en deux haies. La manœuvre terminée, il avança son cheval de façon à le placer à côté de la jument de l'autrichien et il demanda à l'interprète de traduire, Soyez de nouveau le bienvenu à castelo rodrigo et allons voir l'éléphant.

À l'exception d'une querelle sans importance entre plusieurs soldats, trois dans chaque camp, le voyage à valladolid se déroula sans incidents notoires. En un geste de paix digne d'être mentionné, le commandant portugais laissa l'organisation de la caravane, c'est-à-dire le pouvoir de décider qui ira devant et qui ira derrière, au libre arbitre du capitaine autrichien, lequel fut très explicite dans son choix, Nous, nous irons devant, les autres se placeront comme bon leur semblera ou, puisqu'ils ont déjà de l'expérience, selon la disposition de la colonne au moment de quitter lisbonne. Il y avait deux raisons excellentes et évidentes pour avoir choisi d'aller devant, la première étant le fait qu'ils étaient pratiquement chez eux, la seconde, bien que non avouée, parce que si le ciel était découvert, comme maintenant, et jusqu'à ce que le soleil atteigne le zénith, c'est-à-dire, le matin, ils auraient l'astre roi devant eux, dès leur première ligne, ce qui serait évidemment propice à la fulguration des cuirasses. Quant à répéter la disposition de la colonne, nous savons que ce ne serait pas possible puisque les transporteurs sont déjà en route pour lisbonne, passant par ce qui sera dans un avenir encore lointain la ville de porto, invaincue et toujours loyale. De toute façon, point n'était besoin de réfléchir longtemps. Si la règle, selon laquelle le plus lent dans une caravane détermine le rythme de la marche et donc la vitesse de l'avancée, est toujours en vigueur, il n'y a aucun doute, les bœufs marcheront derrière les cuirassiers, qui auront naturellement carte blanche pour galoper chaque fois que l'envie les en prendra, afin que le menu peuple qui viendrait regarder le défilé sur la route ne puisse pas confondre les churras avec les merinas, proverbe castillan auquel nous recourons ici justement parce que nous sommes en castille et que nous n'ignorons pas le pouvoir suggestif d'une légère touche de couleur locale, les churras étant, pour ceux qui l'ignorent, les laines sales et les merinas les laines propres. Ou, en d'autres termes, les chevaux sont une chose, surtout s'ils sont montés par des cuirassiers bardés de soleil, et autre chose, fort différente, deux paires de bœufs étiques tirant une charrette transportant une cuve d'eau et quelques ballots de fourrage destinés à un éléphant qui suit avec un homme à califourchon sur sa nuque. Vient ensuite le détachement portugais de cavalerie, encore tout frémissant d'orgueil à cause de son comportement valeureux de la veille quand les soldats obstruèrent avec leur propre corps l'entrée du château. Aussi longtemps qu'ils vivront, aucun des soldats ici n'oubliera le moment où, après la visite de l'éléphant, le commandant autrichien donna l'ordre à son sergent d'installer le bivouac sur la place même, C'est juste pour une nuit, se justifia-t-il, à l'abri de plusieurs chênes qui, étant donné leur grand âge, avaient vu beaucoup de choses, mais jamais que des soldats dorment pratiquement dans l'humidité à côté d'un château où auraient pu se loger confortablement trois divisions d'infanterie avec leurs fanfares respectives. Le triomphe sur les prétentions autrichiennes abusives, qui avait été total, était aussi, chose rare dans des cas comme celui-ci, le triomphe du bon sens, car bien que beaucoup de sang eût coulé à castelo rodrigo, une guerre entre le portugal et l'autriche serait non seulement absurde, mais irréalisable aussi, sauf si les deux pays louaient, par exemple à la france, une portion de son territoire, plus ou moins à mi-chemin entre les deux belligérants, de façon à pouvoir aligner les troupes et organiser les combats. Bref, tout est bien qui finit bien.

Subhro n'est pas certain de pouvoir tirer un avantage quelconque de ce proverbe rassurant. Les badauds qui le regardent passer sur la route, juché à trois mètres de hauteur et vêtu de son nouvel habit multicolore, dans lequel il irait voir sa marraine s'il en avait une, et qu'il a enfilé, non point par vanité, mais pour faire honneur au pays d'où il vient, ces badauds imaginent qu'il est un être doué de pouvoirs extraordinaires, alors qu'en réalité le pauvre indien tremble rien qu'à penser à son proche avenir. Il croit avoir un emploi garanti jusqu'à valladolid, quelqu'un devra lui payer son temps et son travail, cela semble anodin de voyager sur le dos d'un éléphant, mais c'est dit par quelqu'un qui n'a jamais essayé de l'obliger, par exemple, à aller à droite alors qu'il veut aller à gauche. Mais désormais les choses se compliquent. Il avait pensé depuis le premier jour que sa mission consistait à accompagner salomon à vienne, il croyait avoir de bonnes raisons d'en être persuadé dans la mesure où cela relevait du domaine de l'implicite, car si un éléphant a son cornac personnel, il est naturel que là où l'un va, l'autre aille aussi. Mais on ne le lui avait jamais affirmé explicitement. On lui avait dit qu'il allait à valladolid, mais c'était tout. Il est donc naturel que l'imagination de subhro l'eût poussé à se représenter la pire des situations possibles, celle où il arrivait à valladolid et y trouvait un autre cornac attendant qu'on lui passe le témoin pour poursuivre le voyage et, arrivé à vienne, vivre comme coq en pâte à la cour de l'archiduc maximilien. Cependant, contrairement à ce que d'aucuns pourraient penser, habitués que nous sommes à placer les vils intérêts matériels au-dessus des authentiques valeurs spirituelles, ce ne fut ni la nourriture, ni la boisson, ni le lit fait tous les jours, qui firent soupirer subhro, mais une révélation soudaine qui, étant une révélation, n'était pas soudaine au sens rigoureux du terme, car les états latents comptent eux aussi, à savoir qu'il aimait cet animal et ne voulait pas s'en séparer. Oui, mais s'il y avait déjà à valladolid un autre soigneur attendant de prendre possession de cette charge, les raisons de cœur de subhro ne pèseront pas lourd dans la balance impartiale de l'archiduc. Alors subhro, se balançant au rythme des pas de l'éléphant, dit à haute voix, sur son perchoir où personne ne pouvait l'entendre, Il faut que j'aie une conversation sérieuse avec toi, salomon. Heureusement que personne n'était présent, les gens eussent cru que le cornac était fou et que donc la sécurité de la caravane était gravement en péril. À partir de ce moment-là, les rêves de subhro prirent une tournure différente. Comme dans une histoire d'amours mal acceptées, du genre de celles que tout le monde, allez savoir pourquoi, s'acharne à contrarier, subhro s'enfuyait avec l'éléphant à travers plaines, collines et montagnes, il contournait des lacs, traversait des rivières et des bois, échappant à la poursuite des cuirassiers auxquels le galop rapide de leurs alezans n'était pas d'un grand secours, car un éléphant, lorsqu'il le veut, est capable lui aussi de se lancer dans un petit galop. Cette nuit-là, subhro, qui ne dormait jamais loin de salomon, se rapprocha encore davantage de lui en prenant soin de ne pas le réveiller et il se mit à lui parler à l'oreille. Il déversait les paroles dans son oreille en un susurrement inintelligible qui pouvait être aussi bien du hindi que du bengali, ou une langue que seuls eux deux connaissaient, née et créée pendant des années de solitude, car solitude ce fut, même lorsqu'elle était interrompue par les petits cris des nobliaux de la cour de lisbonne ou par les moqueries de la populace de la ville ou de ses environs, ou, avant cela, pendant le long voyage en bateau qui les amena à lisbonne, par les gausseries des marins. Par ignorance absolue des langues, nous ne pouvons révéler ce que dit subhro à l'oreille de salomon, mais, connaissant l'avenir inquiétant qui préoccupe le cornac, il n'est pas impossible d'imaginer la teneur de la conversation. Subhro, tout simplement, appelait salomon à l'aide, lui faisant certaines suggestions pratiques de comportement, comme, par exemple, manifester, par les moyens les plus expressifs à la portée de n'importe quel éléphant, y compris des moyens radicaux, son mécontentement d'être séparé par la force de son cornac, au cas où pareille éventualité se matérialiserait. Les sceptiques objecteront que l'on ne peut pas attendre grand-chose de ce genre de conversation, dès lors que non seulement l'éléphant ne répondit pas à l'appel au secours, mais encore qu'il continua à dormir placidement. C'est ne pas connaître les éléphants. Si on leur parle dans le creux de l'oreille en hindi ou en bengali, surtout quand ils sont en train de dormir, ils sont comme le génie de la lampe qui, à peine sorti de la bouteille, demande, Quels sont les ordres de mon maître. Quoi qu'il en soit, nous sommes en mesure de dire qu'il ne se passera rien à valladolid. Dès la nuit suivante, pris de repentir, subhro s'en fut chuchoter à salomon de ne pas faire attention à ce qu'il avait demandé, qu'il avait été pire que le pire des égoïstes, que ce n'était pas une façon de résoudre les problèmes, Si ce que je crains se passe, c'est moi qui devrai assumer mes responsabilités et tenter de convaincre l'archiduc de nous laisser rester ensemble, donc, écoute-moi bien, quoi qu'il arrive, toi tu ne fais rien, tu m'entends, tu ne fais rien. Si le même sceptique était ici, il ne pourrait que se défaire un instant de son scepticisme et déclarer, Quel beau geste, ce cornac est vraiment un brave homme, il est indéniable que les meilleures leçons nous sont toujours données par des gens simples. L'esprit en paix, subhro retourna à sa paillasse et quelques minutes plus tard il dormait. Quand il se réveilla le lendemain matin et qu'il se souvint de la décision qu'il avait prise, il ne put éviter de se demander, Et pourquoi l'archiduc voudrait-il un cornac puisqu'il en a déjà un. Et il continua à égrener ses raisons, Le capitaine des cuirassiers est mon témoin et mon garant, il nous a aperçus dans le château et il est impossible qu'il n'ait pas remarqué qu'on a rarement vu une conjonction plus parfaite entre un animal et une personne, il est vrai qu'il ne doit pas s'y connaître beaucoup en éléphants, mais il s'y entend en chevaux et c'est déjà quelque chose. Tout le monde reconnaît que salomon a un bon fond naturel, mais je me demande si avec un autre cornac il aurait fait ce qu'il a fait lors du départ des transporteurs. Ce n'est pas moi qui lui ai enseigné ça, je tiens à le préciser clairement ici, ça lui est sorti spontanément de l'âme, moi-même je pensais qu'arrivé là il ferait au grand maximum un signe avec sa trompe, qu'il pousserait un barrissement, esquisserait deux pas de danse et adieu, à une autre fois, mais le connaissant comme je le connais, j'ai commencé à me rendre compte qu'il concocterait dans sa grosse tête quelque chose qui nous ébahirait tous. J'imagine qu'on a déjà beaucoup écrit sur les éléphants en tant qu'espèce et qu'on écrira encore davantage à l'avenir, mais je doute qu'un de ces auteurs ait été le témoin ou ait simplement entendu parler d'un prodige éléphantin qui puisse se comparer à celui auquel, croyant à peine ce que voyaient mes yeux, j'ai assisté à castelo rodrigo.

Les opinions diffèrent dans la colonne des cuirassiers. Les uns, peut-être parce qu'ils sont plus jeunes et hardis, avec encore du sang dans les branchies, estiment que leur commandant aurait dû s'en tenir mordicus, quoi qu'il lui en eût coûté, à la ligne stratégique qu'il avait suivie en entrant à castelo rodrigo, c'est-à-dire la remise immédiate et inconditionnelle de l'éléphant, quand bien même il eût fallu procéder à un recours persuasif à la force. Tout sauf cette soudaine capitulation devant les provocations successives du capitaine portugais qui semblait même désirer en venir aux voies de fait, encore qu'il eût dû avoir la certitude mathématique d'être finalement vaincu si affrontement il y avait. Ceux-ci pensaient qu'il aurait suffi d'un simple geste ostentatoire, comme la sortie simultanée de leur fourreau de quarante épées à l'ordre d'attaquer pour que l'apparente intransigeance de ces gringalets de portugais s'effondre et que les portes du château s'ouvrent de part en part aux vainqueurs autrichiens. D'autres, trouvant également incompréhensible l'attitude défaitiste du capitaine des autrichiens, estimaient que la première erreur avait été d'arriver au château et d'ordonner sans le moindre préliminaire, Amenez dare-dare l'éléphant, nous n'avons pas de temps à perdre. Tout autrichien, né et élevé en europe centrale, sait que dans un cas pareil il faudrait savoir dialoguer, être aimable, s'intéresser à la santé de la famille, faire une remarque flatteuse à propos du bel aspect des chevaux portugais et de la majesté imposante des fortifications de castelo rodrigo, et ensuite, certes, comme si on se souvenait subitement qu'il y avait encore un sujet à traiter, Ah oui, c'est vrai, l'éléphant. D'autres militaires encore, plus attentifs aux dures réalités de la vie, prétendaient que si les choses s'étaient passées comme le voulaient leurs collègues, ils seraient maintenant sur la route avec l'éléphant et sans rien avoir à lui donner à manger, car cela n'aurait eu aucun sens que les portugais laissent partir le char à bœufs avec les ballots de fourrage et la cuve à eau, et restent à castelo rodrigo, on ne sait combien de jours, à attendre leur retour. Cela n'a qu'une seule explication, conclut un caporal qui avait une tête à avoir fait des études, le capitaine n'avait reçu aucun ordre de l'archiduc ni de qui que ce soit pour exiger la remise immédiate de l'éléphant et ce ne fut qu'ensuite, en chemin ou à l'arrivée à castelo rodrigo, que cette idée lui était venue, Si je pouvais exclure les portugais de cette partie de cartes, pensa-t-il, tous les honneurs seraient pour mes hommes et pour moi. Il est légitime de se demander comment on peut arriver au grade d'officier des cuirassiers autrichiens avec des pensées de ce genre et une absence aussi criante de sincérité car, comme même un enfant s'en rendrait compte, la référence amicale aux soldats ne fut qu'une simple manœuvre tactique pour déguiser sa propre et exclusive ambition. Dommage. Nous sommes de plus en plus nos défauts et non pas nos qualités.

La ville de valladolid décida d'exhiber ses plus beaux atours pour recevoir le pachyderme attendu depuis si longtemps, allant jusqu'à suspendre des tentures aux balcons, comme s'il s'agissait d'une procession solennelle, et à faire flotter dans la brise déjà presque automnale plusieurs étendards qui n'avaient pas encore complètement perdu leurs couleurs. Habillées de vêtements propres dans la mesure où l'hygiène limitée le permettait en ces époques difficiles, les familles arpentaient les rues, celles-ci plutôt moins propres, poussées, je parle des familles, par deux idées principales, savoir où se trouvait l'éléphant et ce qui se passerait ensuite. Des rabat-joie prétendaient que l'éléphant était une rumeur, qu'il arriverait peut-être un jour, assurément, mais que pour le moment ce jour était impossible à prédire. D'aucuns juraient que le pauvre animal épuisé se reposait depuis son arrivée la veille, après les longs et durs chemins qu'il avait dû parcourir avant d'aboutir à valladolid, d'abord entre lisbonne et figueira de castelo rodrigo, puis entre la frontière portugaise et cette ville qui avait l'honneur d'héberger depuis deux ans en qualité de régents d'espagne les éminentes personnalités qu'étaient son altesse royale l'archiduc maximilien et son épouse marie, fille de l'empereur charles quint. Nous indiquons tout cela afin qu'on voie toute l'importance de cet univers de personnages, appartenant tous aux plus hautes royautés, qui vécurent au temps de salomon et qui, d'une façon ou d'une autre, eurent non seulement une connaissance directe de son existence, mais également des prouesses épiques, encore que pacifiques, qu'il accomplit. À l'instant même, l'archiduc et son épouse assistent, charmés, à la toilette de l'éléphant, en présence de membres distingués de la cour et du clergé et de plusieurs artistes expressément convoqués pour immortaliser sur le papier, le bois ou la toile la physionomie de l'éléphant et son impressionnante charpente. L'alter ego de salomon, qui n'est autre que l'indien subhro, dirige les opérations auxquelles une fois de plus ne manquent ni l'eau employée à grands jets ni le balai de piassava à long manche. Subhro est heureux parce que depuis son arrivée il y a plus de vingt-quatre heures il n'a pas vu le moindre signe de l'intrusion d'un autre cornac, mais il a déjà été informé officiellement par l'intendant de l'archiduc que salomon, dorénavant, s'appellerait soliman. Ce changement de nom le chagrina profondément, cela dit, comme on le proclame communément, les bagues s'en vont, mais les doigts restent. L'apparence de soliman, résignons-nous à l'appeler ainsi, nous n'avons pas le choix, s'était beaucoup améliorée après le lavage général auquel il avait été soumis, et elle devint authentiquement splendide, nous dirons même éblouissante, lorsque des serviteurs lancèrent sur l'animal une énorme housse à laquelle plus de vingt brodeurs avaient travaillé des semaines durant sans interruption, un ouvrage qui avait difficilement son égal de par le monde, avec une abondance de pierreries qui, si elles n'étaient pas toutes précieuses, brillaient comme si elles l'étaient, sans parler du fil d'or, des velours très opulents. Un beau gâchis, grommela entre ses dents l'archevêque assis à une faible distance de l'archiduc, avec ce qu'on a gaspillé pour cet animal on aurait pu broder pour la cathédrale un dais magnifique, afin de ne pas avoir à sortir toujours avec le même, comme si, au lieu d'être valladolid, nous étions un village miséreux, comme il y en a tant par ici. Un geste du régent interrompit ses pensées subversives. Il ne fut pas nécessaire de comprendre les paroles, le jeu des mains royales, descendant, montant, fut suffisant, la chose était limpide, l'archiduc voulait parler au cornac. Accompagné par un dignitaire de la cour d'un rang mineur, subhro crut rêver un rêve déjà rêvé lorsque, dans l'immonde enclos de belém, il avait été conduit vers un homme à la longue barbe qui était le roi de portugal, joão trois. Ce monsieur qui venait de le faire appeler ne porte pas la barbe, il a le visage parfaitement rasé et il est, sans flagornerie, un bel homme. Sa ravissante épouse est assise à côté de lui, l'archiduchesse marie, sur le visage et le corps de laquelle la beauté ne durera pas longtemps car elle accouchera ni plus ni moins que seize fois, de dix garçons et de six filles. Une monstruosité. Subhro se tient immobile devant l'archiduc et attend les questions. Comment t'appelles-tu fut, comme il était plus que prévisible, la première d'entre elles, Je m'appelle subhro, sire, Sub quoi, Subhro, sire, tel est mon nom, Et ce nom signifie-t-il quelque chose, Il veut dire blanc, sire, Dans quelle langue, En bengali, sire, une des langues de l'inde. L'archiduc garda le silence pendant plusieurs secondes, puis demanda, Tu es naturel de l'inde, Oui, sire, je suis allé avec l'éléphant au portugal, il y a deux ans, Tu aimes ton nom, Je ne l'ai pas choisi, sire, c'est le nom qu'on m'a donné, Si tu pouvais, en choisirais-tu un autre, Je ne sais pas, sire, cette idée ne m'est jamais venue à l'esprit, Que dirais-tu si je te faisais changer de nom, Votre altesse aurait sûrement une raison de le faire, J'en ai une. Subhro ne répondit pas, il savait trop bien qu'il n'était pas permis de poser des questions aux rois, c'est sans doute le motif pour lequel il fut toujours difficile, et parfois même impossible, de leur arracher une réponse aux doutes et aux doléances de leurs sujets. Alors l'archiduc maximilien dit, Ton nom est ardu à prononcer, On me l'a déjà dit, sire, Je suis certain qu'à vienne personne ne le comprendra, Ce sera tant pis pour moi, sire. Mais ce mal a un remède, tu t'appelleras désormais fritz, Fritz, répéta subhro d'une voix douloureuse, Oui, c'est un nom facile à retenir, de plus il y a déjà une quantité considérable de fritz en autriche, tu seras un de plus, mais le seul avec un éléphant, Si votre altesse le permet, je préférerais garder mon nom de toujours, J'ai déjà décidé, et je te préviens que je me fâcherai avec toi si tu me redemandes cela, mets-toi dans la tête que désormais ton nom est fritz et rien d'autre, Oui, sire. Alors l'archiduc, se levant du siège somptueux qu'il occupait, dit d'une voix haute et sonore, Attention, cet homme vient d'accepter le nom de fritz que je lui ai donné, et cela plus la responsabilité d'être le soigneur de soliman m'amènent à décider que vous lui devrez tous considération et respect, sous peine, en cas de manquement, de subir les conséquences de mon déplaisir. L'avertissement fut mal accueilli dans les esprits, le bref murmure qui s'ensuivit fut fort hétérogène, fait d'acceptation disciplinée, d'ironie bienveillante, d'irritation offensée, on imagine un peu, devoir traiter avec respect un cornac, un dompteur, un homme qui pue le fauve sauvage, comme s'il était un personnage principal du royaume, heureusement que ce caprice passera vite à l'archiduc. Disons cependant, par amour de la vérité, qu'un autre murmure ne tarda pas à se faire entendre, dans lequel on ne percevait pas de sentiments hostiles ou contradictoires, car fait de pure admiration, lorsque l'éléphant hissa le cornac avec sa trompe sur une de ses défenses pour le déposer ensuite sur sa vaste nuque, spacieuse comme une aire à battre le grain. Alors le cornac dit, Nous étions subhro et salomon, maintenant nous serons fritz et soliman. Il ne s'adressait à personne en particulier, il se le disait à lui-même, sachant que ces noms ne signifient rien, bien qu'ils soient venus occuper la place d'autres qui, eux, avaient une signification. Je suis né pour être subhro, pas fritz, pensa-t-il. Il guida les pas de soliman vers l'enceinte qui lui avait été réservée, une cour du palais qui, bien qu'intérieure, communiquait facilement avec l'extérieur, et il le laissa là avec son fourrage et sa cuve d'eau, sans parler de la compagnie des deux assistants venus de lisbonne. Subhro, ou fritz, il va être difficile de nous y habituer, doit parler au commandant, le nôtre, car celui des cuirassiers autrichiens n'a plus reparu, il doit être en pénitence à cause de la piètre figure qu'il a faite à figueira de castelo rodrigo. Ce n'est pas encore pour prendre congé, les lusitaniens ne partent que le lendemain, subhro veut seulement lui parler un peu de la vie qui l'attend, annoncer qu'on a changé leurs noms, à lui et à l'éléphant. Et lui souhaiter, à lui et à ses soldats, un bon voyage, bref lui dire adieu pour toujours. Les militaires campent non loin de la ville, dans un endroit boisé où passe un ruisseau d'eaux claires, dans lequel la plupart d'entre eux se sont déjà baignés. Le commandant alla à la rencontre de subhro et, lui trouvant la mine défaite, il demanda, Il s'est passé quelque chose, On nous a changé nos noms, maintenant je suis fritz et salomon est devenu soliman, Qui a fait cela, Celui qui le pouvait, l'archiduc, Et pourquoi donc, Lui seul le sait, dans mon cas parce que subhro lui semble difficile à prononcer, Tant qu'on ne s'y est pas habitué, Oui, mais il n'a personne pour lui dire qu'il devrait s'y habituer. Un silence gêné s'installa, que le commandant brisa comme il put, Nous partons demain, dit-il, Je le savais, répondit subhro, je suis venu ici pour vous saluer, Nous reverrons-nous, demanda le commandant, Probablement pas, vienne est loin de lisbonne, Cela m'attriste, maintenant que nous sommes devenus amis, Ami est un grand mot, mon commandant, je ne suis qu'un cornac dont on vient de changer le nom, Et moi un capitaine de cavalerie en qui quelque chose aussi a changé pendant ce voyage, Je suppose que c'est parce que vous avez vu des loups pour la première fois, J'en avais déjà vu un il y a longtemps, quand j'étais petit, je m'en souviens à peine, L'expérience des loups change sûrement beaucoup les gens, Je ne crois pas que les loups en soient la cause, Alors l'éléphant, C'est plus probable, encore que, comprenant plus ou moins bien les chiens ou les chats, je ne réussisse pas à comprendre un éléphant, Les chiens et les chats vivent à côté de nous, ça facilite beaucoup les relations, même si nous nous trompons, la coexistence permanente se charge de résoudre les problèmes, quant à eux, les chats et les chiens, nous ne savons pas s'ils se trompent et s'ils en ont conscience, Et l'éléphant, L'éléphant, je l'ai déjà dit l'autre jour, c'est autre chose, il y a deux éléphants dans un éléphant, un qui apprend ce qu'on lui enseigne et un autre qui s'obstinera à tout ignorer, Comment sais-tu ça, J'ai découvert que je suis absolument pareil à l'éléphant, une partie de moi apprend, l'autre ignore ce que l'autre partie a appris, et plus longtemps elle vit, plus elle ignore, Je ne parviens pas à te suivre dans tes jeux avec les mots. Ce n'est pas moi qui joue avec les mots, ce sont eux qui jouent avec moi, Quand l'archiduc part-il, J'ai entendu dire dans trois jours, Tu vas me manquer, Et vous allez me manquer, dit subhro, ou fritz. Le commandant lui tendit la main, subhro ne la lui serra pas fort, comme s'il ne voulait pas lui faire mal, Nous nous verrons demain, dit-il, Nous nous verrons demain, répéta le militaire. Ils se tournèrent mutuellement le dos et s'éloignèrent. Aucun ne se retourna.

Le lendemain, de bon matin, subhro retourna au campement, amenant avec lui l'éléphant. Les deux assistants l'accompagnaient, ils montèrent immédiatement sur le char à bœufs où ils pensaient jouir de la plus agréable des promenades. Les soldats attendaient l'ordre d'enfourcher leur monture. Le commandant s'approcha du cornac et dit, Nous nous séparons ici, Je vous souhaite un bon voyage, capitaine, à vous et à vos hommes, Salomon et toi avez encore beaucoup de chemin à parcourir d'ici à vienne, j'imagine que ce sera déjà l'hiver là-bas quand vous arriverez, Salomon me transportera sur son dos, je ne me fatiguerai pas beaucoup, D'après ce que je crois savoir, ce sont des terres de froid, de neige et de gel, de maladies dont tu n'as jamais eu à souffrir à lisbonne, Un peu du froid, il faut le reconnaître, capitaine, Lisbonne est la ville la plus froide du monde, dit le commandant en souriant, ce qui la sauve, c'est sa situation. Subhro sourit lui aussi, la conversation était intéressante, on aurait pu s'attarder le reste de la matinée et l'après-midi, partir seulement le lendemain, quelle différence cela aurait-il fait, me demandais-je, d'arriver chez soi vingt-quatre heures plus tard. Ce fut à ce moment que le commandant décida de prononcer son discours d'adieu, Soldats, subhro est venu nous dire au revoir et il a amené pour notre plus grande joie l'éléphant dont nous avons eu la responsabilité de protéger la sécurité ces dernières semaines. Avoir partagé des heures avec cet homme fut une des expériences les plus heureuses de ma vie, peut-être parce que l'inde sait des choses que nous ignorons. Je ne suis pas certain d'être parvenu à bien le connaître, mais je suis sûr en revanche que lui et moi aurions pu être davantage que de simples amis, des frères. Vienne est loin, lisbonne plus loin encore, il est probable que nous ne nous reverrons plus jamais, et cela vaut peut-être mieux ainsi, nous garderons le souvenir de ces jours de façon qu'on puisse dire que nous aussi, modestes soldats portugais, nous nous souvenons de l'éléphant. Le capitaine continua encore à parler pendant cinq minutes, mais l'essentiel avait déjà été dit. Pendant qu'il discourait, subhro se demandait comment l'éléphant réagirait, aurait-il l'idée de faire quelque chose d'analogue à ce qu'avaient été les adieux aux transporteurs, mais il est vrai que les répétitions déçoivent presque toujours, elles perdent leur fraîcheur, elles manquent visiblement de spontanéité, et quand la spontanéité est absente, tout est absent. Il vaudrait mieux que nous nous séparions simplement, pensa le cornac. Toutefois, l'éléphant, lui, était d'un autre avis. Quand le discours prit fin et que le capitaine s'approcha de subhro pour lui donner l'accolade, salomon s'avança de deux pas et toucha l'épaule du militaire avec l'extrémité de sa trompe, cette espèce de lèvre palpitante. Les adieux aux transporteurs avaient été, disons, plus spectaculaires, mais ceux-ci, peut-être parce que les soldats sont habitués à une autre sorte d'adieux, du genre Honorez la patrie, la patrie vous contemple, touchèrent chez eux des cordes sensibles, et plusieurs, pas un seul ni deux, durent essuyer, honteux, des larmes sur la manche de leur veste ou de leur jaquette, ou dieu sait comment s'appelait à l'époque cette pièce de l'habillement militaire. Le cornac accompagna salomon pendant la revue, considérant que lui aussi avait fait ses adieux. Il n'était pas homme à permettre à son cœur de se briser en public, même si, comme en cet instant, des larmes invisibles coulaient le long de son visage. La colonne se mit en branle, précédée par le char à bœufs, c'est fini, nous ne les reverrons plus sur ce théâtre, la vie est ainsi, les acteurs apparaissent, puis sortent de scène, car ce qui leur est propre, habituel, ce qui tôt ou tard se produit, c'est qu'ils débitent les tirades qu'ils ont apprises, puis ils disparaissent par la porte du fond, celle qui donne sur le jardin. Plus loin, le chemin décrit une courbe, les soldats arrêtent les chevaux pour lever le bras et envoyer un dernier adieu. Subhro imite leur geste et salomon laisse sortir de sa gorge son barrissement le plus senti, c'est tout ce qui leur est permis de faire, ce rideau s'est abaissé et ne remontera plus jamais.

Le troisième jour se leva au milieu de la pluie, ce qui contraria plus particulièrement l'archiduc dans la mesure où, ne manquant pas de personnel pour organiser la caravane de la façon la plus fonctionnelle et efficace, il s'était fait un point d'honneur de décider lui-même à quel endroit du cortège l'éléphant devrait marcher. C'était simple, exactement devant le carrosse qui le transporterait lui ainsi que l'archiduchesse. Un favori qui jouissait de sa confiance l'implora de prendre en considération le fait bien connu que les éléphants, tout comme, par exemple, les chevaux, défèquent et urinent en mouvement. Le spectacle offenserait inévitablement la sensibilité de leurs altesses, déclara le favori en prenant des mines de la plus profonde inquiétude civique, à quoi l'archiduc rétorqua qu'il ne devait pas se préoccuper de cela, il y aurait toujours dans la caravane des gens pour déblayer le chemin chaque fois que ce genre de dépôts naturels se produirait. L'inconvénient était la pluie. L'éléphant, historiquement habitué à la mousson, au point que celle-ci lui avait manqué ces deux dernières années, ne verrait ni son humeur ni le rythme de son pas s'altérer, le problème qui exigeait réellement une solution, c'était l'archiduc. C'était compréhensible. Traverser la moitié de l'espagne derrière un éléphant pour lequel avait été brodé ce qui était peut-être la plus belle housse du monde et ne pouvoir l'utiliser parce que la pluie l'endommagerait si gravement qu'elle ne pourrait même plus servir de dais de village serait la pire des déceptions de son archiduché. Or, maximilien ne ferait pas un pas aussi longtemps que soliman ne serait pas dûment revêtu de sa housse dont les ornements étincelleraient au soleil. Voici donc ce qu'il déclara, Cette pluie devra bien s'arrêter à un moment ou à un autre, nous allons attendre qu'elle cesse. Ainsi fut-il fait. La pluie tomba deux heures durant, mais au bout de ce temps le ciel commença à s'éclaircir, il y avait encore des nuages, mais moins sombres, et tout à coup il cessa de pleuvoir, l'air devint plus léger, plus transparent sous les premiers rayons du soleil enfin reparu. L'archiduc fut si content qu'il se permit d'appliquer une tape intentionnellement coquine sur la cuisse de l'archiduchesse. Ayant repris son maintien grave, il fit venir un aide de camp à qui il ordonna de galoper jusqu'à la tête de la colonne où scintillaient les cuirassiers, Qu'ils se mettent en route immédiatement, nous devons rattraper le temps perdu. Cependant, au prix d'un grand effort, les serviteurs responsables avaient déjà apporté l'immense housse et, obéissant aux indications de fritz, ils l'étendirent sur le dos puissant de soliman. Revêtu d'un habit qui en matière d'étoffes et de luxe de confection laissait bien loin derrière celui qu'il avait apporté de lisbonne et qui avait tellement affecté l'équilibre du trésor public local, fritz fut hissé sur la nuque de soliman où, devant comme derrière, il put jouir de la vue imposante de la caravane dans toute son extension. Personne n'y voyageait plus haut que lui, pas même l'archiduc d'autriche avec tout son pouvoir. Capable de changer les noms d'un homme et d'un éléphant, mais avec les yeux à la hauteur du plus humble des plébéiens, il était transporté dans un carrosse où les parfums ne parvenaient pas à masquer entièrement les mauvaises odeurs extérieures.

Il est naturel que l'on veuille savoir si toute cette caravane va à vienne. Précisons d'ores et déjà que ce n'est pas le cas. Une bonne partie de ceux qui voyagent ici en grande pompe n'iront pas plus loin que le port de mer de vila das rosas, près de la frontière française. Ils y prendront congé de l'archiduc et de l'archiduchesse, assisteront probablement à l'embarquement et surtout observeront avec préoccupation les conséquences qu'aura le chargement subit des quatre tonnes de poids brut de soliman, le tillac résistera-t-il à pareille surcharge, bref ne retourneront-ils pas à valladolid avec une histoire de naufrage à raconter. Les plus pessimistes prévoient des dommages causés à la navigation et à la sécurité du navire par l'éléphant, instable, incapable de rester en équilibre sur ses pattes, car il est effrayé par le roulis de l'embarcation, Je me refuse à imaginer cela, disaient-ils d'une voix funèbre à leurs voisins, se flattant de pouvoir peut-être dire, Je les avais pourtant prévenus. Ces trouble-fête oublient que cet éléphant est venu de loin, de l'inde reculée, défiant, impavide, les tempêtes de l'océan indien et de l'atlantique, et le voilà ici, ferme, décidé, comme s'il n'avait rien fait d'autre de toute sa vie que naviguer. Pour l'instant, toutefois, il ne s'agit que de marcher. Et de beaucoup marcher. Rien qu'à regarder la carte on se sent déjà épuisé. Et pourtant, il semble que tout soit proche, pratiquement à portée de main. L'explication se trouve évidemment dans l'échelle. Il est facile d'accepter qu'un centimètre sur la carte soit équivalent à vingt kilomètres dans la réalité, mais ce que nous n'avons pas l'habitude de penser c'est que nous-mêmes souffrons dans cette opération d'une réduction dimensionnelle équivalente, raison pour laquelle n'étant déjà pas grand-chose dans le monde, nous sommes encore infiniment moins sur une carte. Il serait intéressant de savoir, par exemple, combien un pied humain mesurerait à la même échelle. Ou la patte d'un éléphant. Ou tout le cortège de l'archiduc maximilien d'autriche.

Deux jours ne se sont pas encore écoulés que déjà le cortège a perdu une bonne partie de sa magnificence. La pluie persistante tombée le matin du départ eut une action néfaste sur les drapés des carrosses et des voitures, mais aussi sur les vêtements de ceux qui, à cause des devoirs de leur charge, durent affronter les intempéries pendant plus ou moins longtemps. Maintenant, la caravane avance dans une région où il semble qu'il n'ait pas plu depuis le commencement du monde. La poussière se lève dès le passage des cuirassiers, que la pluie n'avait pas épargnés non plus car une cuirasse n'est pas une caisse hermétique, les parties qui la composent ne s'ajustent pas toujours bien les unes aux autres et les jonctions établies par des courroies laissent des interstices par où épées et lances peuvent pénétrer presque sans obstacle, finalement toute cette splendeur orgueilleusement exhibée à figueira de castelo rodrigo ne sert pas à grand-chose dans la vie pratique. S'avance ensuite une interminable procession de chars, chariots, carrosses et voitures de toutes configurations et utilisations, les charrettes pour le transport des cargaisons, les escadrons de la valetaille, et tout cela soulève une poussière qui, en l'absence de vent, restera suspendue dans l'air jusqu'à la tombée de la nuit. Cette fois-ci, le précepte selon lequel la vitesse générale est déterminée par le rythme du plus lent n'a pas été appliqué. Les deux chars à bœufs qui transportent le fourrage et l'eau de l'éléphant ont été relégués en queue du cortège, ce qui signifie que de temps en temps il faut tout arrêter afin que l'ensemble puisse se reconstituer. Ce qui ennuie et agace tout le monde, à commencer par l'archiduc qui a déjà du mal à cacher sa contrariété, c'est la sieste obligatoire de soliman, ce repos qui ne profite à personne en dehors de lui, mais dont finalement tous tirent parti, tout en insistant sur leurs critiques, À ce rythme, nous n'arriverons jamais. La première fois que la caravane s'arrêta et que le bruit commença à courir que la cause en était le besoin de repos de soliman, l'archiduc fit appeler fritz pour lui demander qui commandait ici, il ne posa pas la question exactement ainsi, un archiduc d'autriche ne s'abaisserait jamais à reconnaître que quiconque pût commander davantage que lui où qu'il se trouvât, mais telle que nous l'avons formulée, sur un ton résolument populaire, la seule réponse convenable en l'occurrence eût été que fritz s'aplatît de honte sur le sol. Nous avons eu l'occasion de constater, cependant, tout au long de ces jours, que subhro n'est pas homme à s'effrayer facilement, et maintenant, dans son nouvel avatar, il est difficile, sinon impossible, de l'imaginer se taisant, en proie à une soudaine attaque de timidité, la queue entre les jambes, disant, Donnez-moi vos ordres, sire. Sa réponse fut exemplaire, Si l'archiduc d'autriche ne délègue pas son autorité, le commandement absolu lui appartient de droit par tradition et c'est reconnu par ses sujets naturels ou acquis, comme dans mon cas, Tu parles comme un lettré, Je suis simplement un cornac qui a fait quelques lectures dans sa vie, Que se passe-t-il avec soliman, qu'est-ce que c'est que cette histoire de repos pendant la première partie de l'après-midi, Ce sont des coutumes de l'inde, sire, Nous sommes en espagne, pas en inde, Si votre altesse connaissait les éléphants aussi bien que j'ai la prétention de les connaître, elle saurait que pour un éléphant indien, je ne parle pas des africains, ils ne sont pas de ma compétence, tout lieu où il se trouve est l'inde, une inde qui, quoi qu'il arrive, demeurera toujours en lui, intacte, Tout cela est très joli, mais j'ai un long voyage devant moi et cet éléphant me fait perdre trois ou quatre heures par jour, à partir d'aujourd'hui soliman se reposera une heure et ça suffira, Je me sens un misérable de ne pouvoir être d'accord avec votre altesse, mais croyez-moi et fiez-vous à mon expérience, cela ne suffira pas, Nous verrons bien. L'ordre fut donné, mais annulé dès le deuxième jour. Il faut être logique, disait fritz, de même que je n'envisage pas que quelqu'un ait l'idée de réduire d'un tiers la quantité de fourrage et d'eau dont soliman a besoin pour vivre, de même je ne puis consentir sans protester à ce qu'on lui dérobe la majeure partie de son juste repos, sans lequel il ne pourra survivre à l'effort titanesque exigé de lui chaque jour, il est vrai qu'un éléphant dans la forêt indienne parcourt de nombreux kilomètres du matin jusqu'à la tombée de la nuit, mais il est chez lui, pas sur une terre nue comme celle-ci, sans la moindre ombre où un chat puisse se réfugier. N'oublions pas que lorsque fritz s'appelait subhro il ne souleva aucune objection à la réduction du repos de salomon de quatre à deux heures, mais les temps étaient autres, le commandant de la cavalerie portugaise était un homme avec qui on pouvait parler, un ami, pas un archiduc autoritaire comme celui-ci qui, en dehors du fait qu'il est le gendre de charles quint, ne semble pas posséder d'autres mérites. Fritz était injuste, il aurait dû au moins reconnaître que jamais personne n'avait traité soliman comme cet archiduc soudain si mal aimé. La housse, par exemple. Pas même en inde les éléphants appartenant à des rajahs n'étaient gâtés de la sorte. Quoi qu'il en soit, l'archiduc n'était pas content, il y avait trop de rébellion dans l'air que l'on respirait. Punir fritz de ses audaces dialectiques eût été plus que justifié, mais l'archiduc savait pertinemment qu'il ne trouverait pas d'autre cornac à vienne. Et si, par miracle, cet oiseau rare existait, il faudrait obligatoirement une période d'accoutumance mutuelle entre l'éléphant et son nouveau soigneur, sans laquelle il faudrait s'attendre au pire des comportements de la part d'un animal de cette corpulence dont le cerveau, pour n'importe quel être humain, y compris l'archiduc et l'archiduchesse, n'était qu'un pari où l'espoir de gagner était pratiquement nul. En réalité, l'éléphant était un être différent. Si différent qu'il n'avait rien à voir avec ce monde-ci, il était régi par des règles qui ne cadraient avec aucun code moral connu, si bien que, comme nous l'avons vite constaté, il lui était indifférent de voyager devant ou derrière le carrosse archiducal. À vrai dire, l'archiduc et l'archiduchesse ne pouvaient déjà plus supporter le spectacle répété des déjections de soliman, sans parler du fait qu'ils devaient recevoir dans leurs narines délicates, habituées à d'autres arômes, les odeurs fétides qui s'en exhalaient. Au fond, celui que l'archiduc voulait punir c'était fritz, à présent relégué dans une position secondaire après être apparu l'espace de quelques jours aux yeux de tous comme étant un des grands personnages du cortège. Il voyage à la même hauteur que précédemment, mais il ne verra plus jamais du carrosse de l'archiduc que la partie arrière. Fritz soupçonne qu'il est puni, mais il ne peut pas demander justice, car cette même justice, en déterminant le changement de place de l'éléphant dans la caravane, ne faisait rien d'autre que d'empêcher les désagréments sensoriels causés par lui à l'archiduc maximilien et à son épouse marie, fille de charles quint. Ce problème résolu, l'autre trouva aussi une solution le même soir. Encouragée par la relégation de l'éléphant au poste de simple suiveur, marie demanda à son mari de se débarrasser de cette housse, Je crois que porter ça sur le dos est un châtiment que le pauvre soliman ne mérite pas et de plus, De plus quoi, demanda l'archiduc, Avec cette espèce de parement d'église sur le dos, un animal si grand, si imposant, après le premier effet de surprise, devient vite ridicule, grotesque, et plus nous le regarderons, plus cela empirera, C'est moi qui ai eu cette idée, dit l'archiduc, mais je pense que tu as raison, je vais expédier la housse à l'évêque de valladolid, il lui trouvera une destination, si nous restions en espagne, nous reverrions probablement sous un dais un des généraux les mieux en cour auprès de notre sainte mère l'église.

D'aucuns avaient même prédit que le voyage de l'éléphant prendrait fin ici, dans cette mer de rosas. Soit parce que, incapable de supporter les quatre tonnes de poids, la planche d'accès au pont se romprait, soit parce qu'un balancement plus fort de la houle lui ferait perdre l'équilibre et le précipiterait la tête la première dans l'onde pélagique, et la dernière heure serait arrivée pour l'ancien et heureux salomon, à présent tristement baptisé du nom barbare de soliman. La majeure partie des nobles personnages venus à rosas pour y faire leurs adieux à l'archiduc n'avaient jamais vu de leur vie un éléphant, pas même en peinture. Ils ne savent pas qu'un animal pareil, surtout s'il a déjà voyagé en mer à un moment quelconque de sa vie, a ce qu'on a coutume d'appeler le pied marin. Ne lui demandez pas d'aider à la manœuvre, de grimper dans les vergues pour ferler les voiles, de marier l'octant ou le sextant, mais installez-le au gouvernail, ferme sur les gros rondins qui lui servent de jambes, et convoquez une de ces tempêtes déchaînées. Vous verrez alors comment l'éléphant fait face aux vents contraires les plus furieux, naviguant à la bouline avec l'élégance et l'efficacité d'un pilote de première classe, comme si cet art figurait dans les quatre livres des védas qu'il avait appris par cœur dans sa plus tendre enfance et qu'il n'avait plus jamais oubliés depuis, même lorsque les aléas de la vie l'amenèrent à gagner son triste pain de chaque jour en transportant des troncs d'arbres d'un côté à l'autre ou à supporter la sotte curiosité de certains amateurs de spectacles de cirque d'un goût douteux. Les gens ont des idées très erronées sur les éléphants. Ils s'imaginent qu'ils s'amusent lorsqu'ils sont obligés de se tenir en équilibre sur une lourde sphère métallique, sur une surface courbe réduite où leurs pattes ont un mal fou à trouver un appui. Heureusement que les éléphants ont bon caractère, surtout ceux qui sont originaires des indes. Ces éléphants-là trouvent qu'il faut avoir beaucoup de patience pour supporter les êtres humains, y compris quand nous les poursuivons et les tuons pour leur scier ou leur arracher leurs défenses à cause de l'ivoire. Chez les éléphants on rappelle souvent les paroles célèbres prononcées par un de leurs prophètes, Pardonnez-leur, seigneur, car ils ne savent pas ce qu'ils font. Ils, c'est nous tous, notamment ceux qui sont venus ici uniquement pour le voir éventuellement mourir et qui en cet instant se sont mis en route pour retourner à valladolid, frustrés comme ce spectateur qui suivait une compagnie de cirque partout où elle allait dans le seul but d'être présent le jour où l'acrobate tomberait en dehors du filet. Ah, c'est vrai, un oubli qu'il est encore temps de corriger. Outre sa compétence indéniable dans le maniement de la roue du gouvernail, en tant d'années de navigation on n'a jamais trouvé rien de mieux qu'un éléphant pour actionner un cabestan.

Ayant installé soliman dans un espace du pont délimité par des lambourdes, dont la fonction, en dépit de la robustesse apparente de la structure, était plus symbolique que réelle, car elle dépendrait toujours des humeurs de l'animal, souvent erratiques, fritz s'en fut aux nouvelles. La première, et la plus évidente de toutes, serait la réponse à la question, Vers quel port le bateau se dirige-t-il, demanda-t-il à un marin déjà âgé, qui avait l'air d'un brave homme, et il en reçut la réponse la plus prompte, la plus synthétique et la plus éclairante, À gênes, Et ça se trouve où, demanda le cornac. L'homme sembla avoir du mal à comprendre comment quelqu'un dans ce monde pouvait ignorer où gênes était situé, voilà pourquoi il se contenta d'indiquer la direction du levant en disant, De ce côté-là, En italie, par conséquent, hasarda fritz, dont les connaissances géographiques réduites lui permettaient malgré tout de courir certains risques. Oui, en italie, confirma le marin, Et vienne, ça se trouve où, insista fritz, Beaucoup plus haut, au-delà des alpes, C'est quoi les alpes, Les alpes sont de grandes montagnes, des montagnes énormes, très difficiles à traverser, surtout en hiver, non, je n'ai jamais été là-bas, mais je l'ai entendu dire par des voyageurs qui y sont allés, Si c'est comme ça, le pauvre salomon va passer un mauvais quart d'heure, il vient d'inde qui est une terre chaude, il ne sait pas ce que sont les grands froids, en cela nous sommes semblables, moi aussi je viens de là-bas, Qui est ce salomon, demanda le marin, Salomon était le nom de l'éléphant avant de s'appeler soliman, il lui est arrivé la même chose qu'à moi, je m'appelais subhro depuis ma venue au monde, maintenant je suis devenu fritz, Qui a changé vos noms, Celui qui en avait le pouvoir, son altesse l'archiduc qui voyage à bord de ce navire, C'est lui qui est le propriétaire de l'éléphant, demanda encore le marin, Oui, et moi je suis son soigneur, son valet ou son cornac, qui est le mot juste, salomon et moi avons passé deux ans au portugal qui n'est pas le pire endroit où vivre, et maintenant nous sommes en route pour vienne, dont on dit que c'est le meilleur endroit où vivre, En tout cas, la ville a cette réputation, Plaise au ciel que les avantages soient de la même qualité et que le pauvre salomon soit enfin mis au repos, il n'est pas né pour de pareilles pérégrinations, le voyage que nous avons déjà dû faire entre goa et lisbonne aurait dû suffire, salomon appartenait au roi de portugal, dom joão trois, qui l'a offert à l'archiduc, il m'a été échu de l'accompagner, d'abord pendant la navigation jusqu'au portugal et maintenant dans cette marche vers vienne, C'est ce qu'on appelle voir du pays, dit le marin, C'est plutôt aller de port en port, répondit le cornac qui ne parviendrait pas à finir sa phrase car l'archiduc s'approchait, suivi de son inévitable suite, mais cette fois sans l'archiduchesse, à qui, visiblement, soliman avait cessé d'être sympathique. Subhro s'écarta du chemin, comme s'il s'imaginait pouvoir ainsi passer inaperçu, mais l'archiduc le vit, Fritz, accompagne-moi, je vais voir l'éléphant, dit-il. Le cornac s'avança, sans bien savoir où il pourrait se placer, mais l'archiduc le tira de ses doutes, Va devant et assure-toi que tout est en ordre, ordonna-t-il. Ce fut une bonne chose, car en l'absence du cornac soliman avait décidé que les planches du pont étaient le meilleur endroit où déposer ses urgences physiologiques et donc il patinait littéralement sur un tapis pâteux d'excréments et d'urine. À côté, pour étancher sans tarder une soif subite, se trouvait, encore pleine, la cuve d'eau, plus quelques ballots de fourrage, les autres ayant été descendus dans la cale. Subhro réfléchit rapidement. Il demanda à plusieurs marins de l'aider et tous ensemble, cinq ou six hommes, tous raisonnablement vigoureux, soulevèrent la cuve d'un côté et en firent sortir l'eau en cascade de l'autre, directement dans la mer. L'effet fut presque instantané. Sous l'impulsion de l'eau, et grâce aussi à ses qualités dissolvantes, le bouillon malodorant d'excréments fut lancé par-dessus bord, à l'exception de ce qui était resté collé sous les pattes de l'éléphant, mais qu'un deuxième jet, moins abondant, se chargea de laisser dans un état plus ou moins acceptable, démontrant ainsi une fois de plus, non seulement que le mieux est l'ennemi du bien, mais aussi que le bien, malgré tous les efforts déployés, n'arrivera jamais à la cheville du mieux. L'archiduc peut désormais venir. Cependant, en attendant son arrivée, tranquillisons les lecteurs, très préoccupés par l'absence d'informations sur le char à bœufs qui tout au long des cent quarante lieues qui séparent valladolid de rosas a transporté la cuve d'eau et les ballots de fourrage. Les français ont l'habitude de dire, ils commençaient déjà à le dire en ce temps-là, que pas de nouvelles, bonnes nouvelles, que les lecteurs soient donc libérés du souci dans lequel ils ont vécu, le char à bœufs poursuit son chemin en direction de valladolid, où des damoiselles de toutes conditions entrelacent des colliers de fleurs pour en orner les cornes des bovins à leur arrivée, et ne leur demandez pas pour quelle raison elles le font, une d'elles, semble-t-il, elle ne sait plus par qui, aurait entendu dire que c'était une coutume ancienne, datant peut-être du temps des grecs et des romains, que cette habitude de couronner les bœufs de travail, et eu égard au fait que marcher, entre l'allée et le retour, sur deux cent quatre-vingts lieues, n'est pas une mince affaire. l'idée fut accueillie avec enthousiasme par la communauté de nobles et de plébéiens de valladolid, qui envisage déjà une grande festivité populaire avec tournois de chevaliers, feux d'artifice, repas pour les pauvres et tout ce qui pourrait encore se présenter à l'imagination enfiévrée des habitants. À cause de ces explications, par ailleurs indispensables à la tranquillité présente et future des lecteurs, nous avons raté l'arrivée de l'archiduc auprès de l'éléphant, cela dit nous n'avons pas perdu grand-chose, car au cours de ce récit, entre ce qui a été décrit et ce qui ne l'a point été, ce même archiduc est souvent arrivé ici et là, sans grande surprise, car les règles de la cour l'y obligent, autrement elles ne seraient pas des règles. Nous savons que l'archiduc s'est intéressé à la santé et au bien-être de son éléphant soliman et que fritz lui a fourni les réponses appropriées, surtout celles que son altesse archiducale avait le plus envie d'entendre, ce qui montre combien l'ancien cornac dépenaillé a progressé dans l'apprentissage de la subtilité et des ruses du parfait courtisan, lui à qui la cour portugaise inexpérimentée, plus encline aux bigoteries de confessionnal et de sacristie qu'aux raffinements des salons mondains, n'avait pas servi de mentor, d'autant plus que le cornac, confiné comme il le fut toujours dans l'enclos malpropre de belém, n'avait jamais reçu de propositions visant à parfaire son éducation. L'on remarqua que l'archiduc fronçait parfois le nez et se servait continuellement d'un petit mouchoir parfumé, ce qui, inévitablement, ne manqua pas de surprendre l'équipage des marins à l'odorat de fer, habitués à toute espèce de pestilences, donc complètement insensibles à la puanteur qui planait encore dans l'atmosphère, malgré le vent, après le lavage du navire. Ayant rempli son devoir de propriétaire soucieux de la sécurité de ses biens, l'archiduc s'empressa de se retirer, entraînant comme toujours derrière lui la queue de paon bariolée des parasites de la cour.

Lorsque l'arrimage de la cargaison fut terminé, ce qui exigea cette fois des calculs plus complexes à cause de l'existence de quatre tonnes d'éléphant installées sur un espace réduit du tillac, le navire fut prêt à prendre la mer. Une fois l'ancre levée, une toile ronde et les voiles triangulaires hissées, récupérées, un siècle et quelques plus tôt, de leur lointain passé méditerranéen par les marins portugais et auxquelles on donnerait par la suite le nom de voiles latines, le navire se balança lourdement sur la houle et, après le premier claquement de la voilure, mit le cap sur gênes, en direction du levant, comme l'avait annoncé le marin. La traversée dura trois longs jours, presque tout le temps sur une mer agitée, avec des vents forts et une pluie qui s'abattait en averses furieuses sur le dos de l'éléphant et sur la toile à sac avec laquelle les marins à la manœuvre tentaient de se protéger du plus gros. L'archiduc, au chaud avec l'archiduchesse, ne se montra pas, il était plus que probable qu'il s'entraînait à fabriquer un troisième rejeton. Quand la pluie cessa et la bourrasque de vent perdit son souffle, les passagers, d'un pas incertain, clignant des yeux, commencèrent à émerger de l'intérieur du bateau dans la faible lumière du jour, la majeure partie d'entre eux avec un visage défait par le mal de mer et des cernes effrayants, et dans le cas des cuirassiers, par exemple, l'air martial factice qu'ils s'efforçaient de retrouver dans leurs lointains souvenirs de la terre ferme ne leur était d'aucun secours, y compris même, le cas échéant, ceux de castelo rodrigo, malgré la déroute honteuse subie, sans qu'il eût été nécessaire de tirer un seul coup de feu, devant les humbles cavaliers portugais, mal montés et mal armés. À l'aube du quatrième jour, la mer étant calme et le ciel découvert, la côte de la ligurie apparut à l'horizon. La lumière du phare de gênes, que les habitants de la ville avaient affectueusement baptisé du nom de lanterne, pâlissait à mesure qu'éclosait la clarté matinale, mais elle était encore suffisamment éclatante pour guider avec sûreté n'importe quelle embarcation en quête du port. Deux heures plus tard, après avoir embarqué le pilote, le bateau pénétrait dans le port et glissait lentement, voiles presque toutes amenées, vers un espace libre du quai où, visiblement et manifestement, voitures et carrosses de différents types et utilités, presque tous attelés de mules, attendaient la caravane. Les communications étant ce qu'elles étaient alors, c'est-à-dire lentes, laborieuses et peu efficaces, il est à supposer qu'une fois de plus les pigeons voyageurs eussent joué un rôle actif dans l'opération logistique complexe qui permit la réception du navire en temps et en heure, sans délai ni retard, et sans que les uns dussent attendre les autres. Reconnaissons d'ores et déjà qu'un certain ton ironique et déplaisant introduit dans ces pages chaque fois que nous avons dû parler de l'autriche et de ses autochtones était non seulement agressif, mais encore indéniablement injuste. Non que ce fût là notre intention, mais nous savons qu'en matière de chose écrite il n'est pas rare qu'un mot en entraîne un autre uniquement parce que ensemble ils ont belle allure, ce qui fait que souvent on sacrifie le respect à la légèreté, l'éthique à l'esthétique, pour autant que pareils concepts solennels aient leur place dans un discours comme celui-ci et, qui plus est, sans aucun profit pour quiconque. Voilà pourquoi, et aussi pour d'autres raisons, presque sans nous en rendre compte, nous nous faisons tant d'ennemis dans la vie.

Les premiers à apparaître furent les cuirassiers. Ils tenaient les chevaux par la bride pour les empêcher de glisser sur la rampe de débarquement. Les montures, normalement objets des plus grands soins et de la sollicitude la plus extrême, présentaient un air négligé mettant en évidence l'absence d'un étrillage en bonne et due forme permettant de réaligner leur pelage et de faire briller leur crinière. Telles qu'elles apparaissent en cet instant, n'importe qui dirait qu'elles étaient la honte de la cavalerie autrichienne, jugement erroné de la part de qui semble avoir oublié le très long voyage de valladolid à rosas, sur sept cents kilomètres de marche ininterrompue, de pluie et de vents violents, avec des épisodes intercalaires de soleil torride et surtout de la poussière, beaucoup de poussière. Il n'est donc pas étonnant que les chevaux qui viennent de débarquer aient l'air de bêtes de deuxième main. Malgré tout, voyez comment, un peu à l'écart du quai, derrière le rideau formé par les chars, voitures et autres charrettes, les soldats, sous le commandement direct du capitaine dont nous avons déjà fait la connaissance, s'efforcent d'améliorer l'aspect de leurs montures, afin que la garde d'honneur de son altesse, lorsque arrivera l'heure pour elle de débarquer, le fasse dans la dignité à laquelle on s'attend pour tout acte concernant l'illustre maison des habsbourg. Comme l'archiduc et l'archiduchesse seront les derniers à quitter le navire, il est très probable que les chevaux auront eu le temps de retrouver, au moins partiellement, leur splendeur habituelle. En ce moment l'on décharge les bagages, des dizaines de coffres, de huches et de malles contenant les vêtements et les mille et un objets et ornements constituant le trousseau en constante augmentation du noble couple. Le public est arrivé maintenant, et en grand nombre. Le bruit du débarquement de l'archiduc d'autriche et avec lui d'un éléphant des indes avait couru en ville comme une traînée de poudre, ce qui eut pour effet immédiat la course vers le port de dizaines d'hommes et de femmes, également curieux, eux comme elles, qui très vite devinrent des centaines et commencèrent à gêner les manœuvres de déchargement et chargement en cours. On ne voyait pas l'archiduc, qui n'était pas encore sorti de ses appartements, mais l'éléphant était là, debout sur le tillac, énorme, presque noir, avec cette grosse trompe aussi souple qu'un fouet, avec ces défenses qui étaient comme des sabres pointés sur vous, lesquelles, dans l'imagination des curieux, ignorant le tempérament pacifique de soliman, auraient pu être de puissantes armes de guerre avant de se transformer, comme cela arrivera inévitablement, en ces crucifix et reliquaires qui ont couvert l'orbe chrétien d'ivoire ouvragé. Le personnage en train de gesticuler et de donner des ordres sur le quai est l'intendant du duc. Un rapide coup d'œil suffit à son regard expérimenté pour décider quel char ou quelle charrette transportera tel coffre, telle huche ou telle malle. Il est une boussole qu'on aura beau faire tourner d'un côté ou de l'autre, beau tordre et retordre, elle indiquera toujours le nord. Nous nous hasardons à dire qu'il faudrait étudier l'importance des intendants, mais aussi celle des balayeurs de rues, dans le fonctionnement bien réglé des nations. Maintenant l'on décharge le fourrage qui a voyagé dans la cale avec les objets de luxe de l'archiduc et de l'archiduchesse, mais qui sera désormais transporté dans des charrettes dont le trait principal est leur caractère fonctionnel, c'est-à-dire leur capacité de loger le plus grand nombre de ballots possible. La cuve ira aussi sur elles, mais vide, car, comme on le verra par la suite, sur les chemins hivernaux des terres italiques du nord et de l'autriche, l'eau pour la remplir chaque fois que cela s'avérera nécessaire ne manquera pas. À présent, c'est l'éléphant soliman qui débarque. Le rassemblement bruyant de la roture génoise frémit d'impatience, de nervosité. Si l'on demandait en cet instant à ces femmes et à ces hommes quel personnage ils souhaitaient le plus voir de près, l'archiduc ou l'éléphant, nous pensons que l'éléphant l'emporterait avec une grande différence de voix. L'attente anxieuse de cette petite multitude se traduisit par un cri, l'éléphant venait de faire grimper sur lui à l'aide de sa trompe un homme muni d'un sac contenant ses affaires. C'était subhro ou fritz, comme on préférera, le soigneur, le valet, le cornac, l'homme qui avait été si humilié par l'archiduc et qui à présent, sous les yeux du peuple de gênes assemblé sur le quai, jouira d'un triomphe presque parfait. Perché sur la nuque de l'éléphant, son sac entre les jambes, vêtu maintenant de sa tenue sale de travail, il contemplait avec la superbe d'un vainqueur les gens qui regardaient bouche bée, signe absolu de stupéfaction, mais qui, à vrai dire, peut-être parce qu'il est absolu, ne s'observe jamais dans la vie réelle. Quand il montait salomon, subhro avait toujours l'impression que le monde était petit, mais aujourd'hui, sur le quai du port de gênes, cible des regards de centaines de personnes littéralement émerveillées par le spectacle qui leur était offert, soit par sa propre personne, soit par un animal à tous égards démesuré qui obéissait à ses ordres, fritz contemplait la foule avec une sorte de dédain, et, dans un instant insolite de lucidité et de conscience de la relativité des choses, il pensa que, tout compte fait, un archiduc, un roi, un empereur ne sont pas plus qu'un cornac juché sur un éléphant. D'un coup de bâton, il fit avancer salomon vers la planche. La partie de l'assistance qui était le plus près recula, effrayée, encore plus lorsque l'éléphant, au milieu de la rampe, on ne sut pas et ne saura jamais pourquoi, lâcha un barrissement qui, on pardonnera la comparaison, résonna aux oreilles de ces gens comme les trompettes de jéricho et dispersa les plus timorés. En mettant pied sur le quai, toutefois, peut-être en raison d'une illusion d'optique, l'éléphant parut soudain avoir diminué de hauteur et de corpulence. Il fallait continuer à le regarder de bas en haut, mais il n'était plus nécessaire de se tordre autant le cou. C'est le fait de l'habitude, la bête sauvage, tout en effrayant encore à cause de sa taille, semblait avoir perdu son auréole de huitième merveille du monde sublunaire avec laquelle elle avait commencé à se présenter aux génois, maintenant c'est un animal appelé éléphant, rien de plus. Encore imbu de sa récente découverte à propos de la nature et des supports du pouvoir, fritz n'apprécia pas du tout le changement qui venait de se produire dans la conscience des gens, toutefois il manquait encore le coup de grâce provoqué par l'apparition sur le tillac de l'archiduc et de l'archiduchesse, accompagnés de leur suite la plus privée, d'où se détachait cette fois la nouveauté de deux enfantelets dans les bras de deux femmes qui avaient sûrement été ou étaient encore leurs nourrices. Un de ces enfants, une petite fille de deux ans, nous pouvons déjà l'annoncer, deviendra la quatrième épouse de philippe deux d'espagne et premier de portugal. Comme on a coutume de dire, à petites causes, grands effets. L'intérêt des lecteurs qui s'étonnaient déjà de l'absence d'information sur la nombreuse progéniture de l'archiduc, seize enfants, rappelons-le, inaugurée précisément par la petite anne, sera ainsi satisfait. Or, comme nous le disions, il a suffi que l'archiduc paraisse pour qu'éclatassent applaudissements et vivats, dont il remercia par un geste condescendant de sa main droite gantée. Ils ne descendirent pas par la rampe qui avait servi jusqu'à présent au déchargement, mais par une autre à côté, lavée et frottée de frais, pour éviter tout contact avec les souillures provenant des fers des chevaux, des grosses pattes de l'éléphant et des pieds nus des débardeurs. Nous devrions féliciter l'archiduc de la compétence de son intendant, lequel vient à l'instant même de monter à bord du bateau afin d'inspecter les lieux, au cas où un bracelet de diamants serait tombé entre deux planches mal ajustées. Dehors, la cavalerie de cuirassiers, disposée en deux haies serrées pour que tous les animaux y tiennent, vingt-cinq de chaque côté, attendait le passage de son altesse. Et maintenant, si nous ne craignions pas de commettre un anachronisme très grave, nous aurions envie d'imaginer l'archiduc parcourant la distance jusqu'à son carrosse sous un baldaquin de cinquante épées sorties de leur fourreau, cependant il est plus que probable que ce genre d'hommage ait été l'idée d'un des siècles frivoles qui suivront. L'archiduc et l'archiduchesse sont déjà montés dans le carrosse étincelant et paré, et néanmoins solide, qui stationnait là. Il ne reste plus maintenant qu'à attendre que la caravane s'organise, vingt cuirassiers devant, ouvrant la marche, trente derrière, la fermant en qualité de force d'intervention rapide dans l'éventualité, peu probable, mais pas impossible, d'une attaque par des bandits. Il est certain que nous ne sommes pas en calabre ni en sicile, mais sur les terres civilisées de la ligurie, auxquelles succéderont la lombardie et la vénétie, mais comme les meilleures étoffes ne sont pas à l'abri des taches, l'archiduc a raison de protéger son arrière-garde. Reste à savoir ce que les cieux lui réservent. Pendant ce temps-là, peu à peu, le matin transparent et lumineux s'était couvert de nuages.

La pluie les attendait à la sortie de gênes. Ce n'est pas étonnant, l'automne est déjà bien avancé et cette averse n'est que le prélude du concert, avec un vaste assortiment de tubas, de percussions et de trombones, que les alpes leur avaient réservé pour fêter la caravane. Heureusement pour les moins protégés contre le mauvais temps, nous pensons plus particulièrement aux cuirassiers et au cornac, les premiers revêtus d'acier froid et inconfortable, comme s'ils étaient des carabes d'un type nouveau, le second juché sur la nuque de l'éléphant où les vents du nord et les chats à sept queues de la neige étaient les plus féroces, maximilien deux prêta enfin l'oreille à l'infaillible sagesse populaire qui ne se lasse pas de répéter depuis les premières aurores du monde que mieux vaut prévenir que guérir. Pendant le parcours jusqu'à la sortie de gênes, il ordonna à la caravane de s'arrêter deux fois afin d'acquérir dans les commerces de confection des vêtements épais pour les cuirassiers et le cornac, vêtements qui ne pouvaient, pour des raisons faciles à comprendre vu l'absence de planification de la production, être en harmonie dans la façon et les couleurs, mais qui protégeraient au moins leurs heureux destinataires des pires assauts du froid et de la pluie. Grâce à la prévoyance de l'archiduc nous pûmes assister à la célérité avec laquelle les soldats détachèrent des arçons les capotes qui leur avaient été distribuées et voir comment, sans interrompre la marche, ils s'enfilaient dedans en arborant une allégresse militaire rarement observée dans l'histoire des armées. Le cornac fritz, jadis appelé subhro, fit de même, encore qu'avec davantage de discrétion. Emmitouflé dans l'épaisse capote, l'idée lui vint que la housse laissée à la pieuse jouissance de l'évêque de valladolid eût été d'une grande utilité pour un soliman que la pluie maltraitait impitoyablement du haut du ciel. La conséquence de l'orage qui avait succédé si vite aux premières averses espacées fut que très peu de gens s'étaient postés le long du chemin pour fêter soliman et saluer son altesse. Ils eurent tort car ils n'auront pas d'autre occasion de voir passer de sitôt un éléphant en chair et en os. Quant au passage de l'archiduc, l'incertitude régnant à ce sujet est à imputer à l'insuffisance de l'information en temps voulu sur les petits déplacements de cette personne presque impériale, passera peut-être, passera peut-être pas. Mais en ce qui concerne l'éléphant, il ne fait aucun doute qu'il ne foulera plus ces chemins. Le temps s'éclaircit avant l'arrivée à piacenza, ce qui permit une traversée de la ville plus en accord avec la grandeur des personnages faisant partie de la caravane, car les cuirassiers purent se défaire de leur capote et apparaître dans toute leur splendeur connue et non dans la ridicule figure qu'ils avaient présentée depuis la sortie de gênes, casque de guerre sur le chef et capote en laine grossière sur le dos. Cette fois beaucoup de monde s'était assemblé dans les rues et si l'archiduc fut applaudi à cause de ce qu'il était, l'éléphant, pour la même raison, ne le fut pas moins. Fritz n'avait pas ôté son manteau. Il trouvait que ce vêtement grossier lui conférait, étant donné son ampleur, plus propre à une cape qu'à une capote, un air de dignité souveraine qui s'accordait fort bien au pas majestueux de soliman. À vrai dire, il ne voyait déjà plus tellement d'inconvénients à ce que l'archiduc ait changé son nom. Il est certain que fritz ne connaissait pas le dicton classique selon lequel pour vivre à rome il fallait devenir romain, mais bien qu'il ne se sentît pas enclin à être autrichien en autriche, il trouvait avisé, vu son ambition de mener une existence tranquille, de se faire remarquer le moins possible par le vulgum pecus, même s'il devait se présenter aux gens en train de chevaucher un éléphant, ce qui d'ailleurs faisait de lui ipso facto un être exceptionnel. Il avance donc, enveloppé dans sa capote, aspirant avec délice la légère odeur de bouc exhalée par les étoffes humides. Il marchait, comme cela lui avait été ordonné sur la route de valladolid, derrière le carrosse de l'archiduc, si bien qu'il donnait l'impression à ceux qui le voyaient de loin de traîner derrière lui l'immense file de charrettes et de carrioles de charge qui composaient le cortège, et tout d'abord, dans sa foulée immédiate, les chars transportant les ballots de fourrage et la cuve d'eau que la pluie avait déjà fait déborder. C'était un cornac heureux, bien loin des étroitesses de la vie au portugal, où on l'avait littéralement laissé croupir pendant deux ans dans l'enclos de belém à regarder partir les caravelles pour les indes et à écouter psalmodier les moines hiéronymites. Il se peut que notre éléphant pense, si son énorme tête est capable de semblable prouesse, en tout cas elle ne manque pas d'espace, avoir des raisons de soupirer après l'ancien farniente, mais ce ne pourrait être dû qu'à son ignorance naturelle du fait que l'indolence est ce qu'il y a de plus préjudiciable pour la santé. Pire qu'elle il n'y a que le tabac, comme on le verra par la suite. À présent, toutefois, après trois cents lieues passées à marcher, dont une bonne partie sur des chemins que le diable, en dépit de ses pieds de bouc, se refuserait à fouler, soliman ne mérite plus d'être traité d'indolent. Il l'aura été pendant son séjour au portugal, mais cela c'est du passé, il lui a suffi de mettre les pattes sur les routes de l'europe pour aussitôt sentir s'éveiller en lui des énergies dont il n'avait jamais soupçonné l'existence. L'on a très souvent observé ce phénomène chez des personnes qui, à cause des circonstances de la vie, pauvreté, chômage, ont été forcées d'émigrer. Fréquemment apathiques et indifférentes là où elles sont nées, elles deviennent, quasiment d'une heure à l'autre, actives et diligentes, comme si leur était entré dans le corps le bupreste sur lequel on glose énormément mais qui n'a jamais été étudié, oui, c'est bien de lui que nous parlons et non des autres vers qui se nourrissent du bois qu'ils rongent et que l'on connaît aussi sous le nom de vers du bois ou de vermoulure. Sans attendre que le campement établi dans les environs de piacenza finisse d'être monté, soliman repose déjà entre les bras du morphée des éléphants. Et fritz, à côté de lui, entortillé dans sa capote, ronfle comme un bienheureux. La trompette retentit de bon matin. Il avait plu pendant la nuit, mais le ciel était pur. Espérons qu'il ne se couvrira pas de nuages gris comme la veille. Le prochain objectif est la ville de mantoue, en lombardie, célèbre pour de nombreuses et excellentes raisons, l'une d'elles étant un certain bouffon de la cour ducale, appelé rigoletto, dont les aventures et mésaventures seront mises en musique ultérieurement par le grand giuseppe verdi. La caravane ne s'arrêtera pas à mantoue pour admirer les superbes œuvres d'art qui y abondent. Elles abonderont encore davantage à vérone où, vu la stabilité du temps, l'archiduc avait donné l'ordre d'avancer et qui sera le décor choisi par william shakespeare pour sa most excellent and lamentable tragedy of romeo and juliet, non point que maximilien deux d'autriche fût particulièrement curieux d'amours autres que les siennes, mais parce que vérone, si nous excluons padoue, sera la dernière étape importante avant venise, dorénavant tout ne sera plus qu'ascension en direction des alpes, vers le nord glacial. À ce qu'il semble, l'archiduc et l'archiduchesse connaissent déjà, de voyages précédents, la belle ville des doges où, par ailleurs, il ne serait pas facile du tout de faire entrer les quatre tonnes de soliman, à supposer que ceux-ci envisagent d'en faire leur mascotte. Un éléphant n'est pas une bête qui se puisse caser dans une gondole, si tant est que les gondoles existaient déjà à cette époque, au moins dans leur configuration d'aujourd'hui, proue relevée et couleur noire funèbre qui les distingue de toutes les marines du monde, et encore moins avec un gondolier chantant à la poupe. En fin de compte, l'archiduc et l'archiduchesse décideront peut-être de faire un tour sur le grand canal et seront reçus par le doge, mais soliman, tous les cuirassiers et le reste de l'équipage resteront à padoue, face à la basilique de saint-antoine, lequel est de lisbonne, revendiquons-le, et non point de padoue, sur un espace exempt d'arbres et de toute autre forme de végétation. Chacun à sa place sera toujours la meilleure des conditions pour parvenir à la paix universelle, sauf si la sagesse divine en dispose autrement.

    Il advint que le lendemain matin un émissaire de la basilique de saint-antoine se présenta dans le bivouac encore mal réveillé. Encore qu'il ne se fût pas exactement servi de ces termes, il déclara venir mandaté par un des supérieurs de l'équipe ecclésiastique du temple pour parler avec le soigneur de l'éléphant. Trois mètres de hauteur se voient de loin et le volume de soliman emplissait presque l'espace céleste, mais l'abbé demanda néanmoins à être conduit auprès de lui. Le cuirassier qui l'accompagnait s'en fut secouer le cornac, lequel, enroulé dans sa capote, dormait encore, Il y a là un curé, dit-il. Il avait choisi de parler en castillan et ce fut la meilleure chose qu'il pût faire, étant donné que les connaissances limitées de la langue allemande dont le cornac s'était doté jusque-là ne lui eussent pas permis de comprendre une phrase aussi complexe. Fritz ouvrit la bouche pour demander ce que voulait le curé, mais il la referma aussitôt, de peur que ne se produisît une confusion linguistique dont on ne sait où elle eût pu les mener. Il se leva donc et s'adressa au prêtre, qui attendait à une distance prudente, Votre paternité veut me parler, demanda-t-il, En effet, mon fils, répondit le visiteur, mettant dans ces quatre mots toutes les réserves d'onction dont il pouvait disposer, Veuillez donc parler, mon père, Es-tu chrétien, telle fut la question, J'ai été baptisé, mais à ma couleur et à mes traits, votre paternité a déjà pu s'apercevoir que je ne suis pas d'ici, Oui, je suppose que tu es indien, mais cela n'est point un empêchement à ce que tu sois un bon chrétien, Ce n'est pas à moi de le dire, car j'ai cru comprendre que se louer soi-même c'était se blâmer, Je viens t'adresser une requête, mais auparavant, je voudrais que tu me dises si ton éléphant a été dressé, Dressé, ce qui s'appelle dressé, au sens de posséder des compétences pour le cirque, il ne l'est pas, mais il a coutume de se comporter avec la dignité d'un éléphant qui se respecte, Serais-tu capable de le faire s'agenouiller, ne fût-ce que d'une seule patte, Que votre paternité sache que je n'ai jamais essayé, mais j'ai observé que soliman s'agenouille de son propre chef quand il veut se coucher, maintenant ce dont je ne puis être sûr c'est qu'il le fasse si je le lui ordonne, Peux-tu essayer, Que votre paternité sache que l'occasion n'est pas la meilleure, le matin soliman est presque toujours de mauvaise humeur, Je peux revenir plus tard, si tu le juges bon, il n'y a pas péril en la demeure, encore qu'il conviendrait beaucoup aux intérêts de la basilique que cela se produisît aujourd'hui, avant que son altesse l'archiduc d'autriche ne parte vers le nord, Que se produisît quoi, si ce n'est point une trop grande audace que de le demander, Le miracle, dit le prêtre en joignant les mains, Quel miracle, demanda le cornac qui se sentait pris de vertige, Si l'éléphant allait s'agenouiller à la porte de la basilique, ne te semble-t-il pas que ce serait un miracle, un des grands miracles de notre époque, demanda le prêtre en joignant de nouveau les mains, Je ne sais rien des miracles, dans mon pays, là où je suis né, il n'y a pas de miracles depuis la création du monde, j'imagine que la création tout entière a été un pur miracle, mais ensuite il n'y en a plus eu, Je constate maintenant que finalement tu n'es pas chrétien, Votre paternité décidera, j'ai reçu un certain vernis chrétien et j'ai été baptisé, mais on aperçoit peut-être encore ce qu'il y a par-dessous, Et qu'y a-t-il par-dessous, Par exemple, ganesh, le dieu éléphant, celui qui secoue les oreilles là-bas, votre paternité va me demander comment je sais que l'éléphant soliman est un dieu, et je répondrai que s'il y a, comme c'est le cas, un dieu éléphant, ce peut être aussi bien celui-ci qu'un autre, À cause de ce que j'attends de toi, je te pardonne tes blasphèmes, mais quand ce sera fini, tu devras te confesser, Et qu'attend de moi votre paternité, Que tu conduises l'éléphant devant la porte de la basilique et que tu le fasses s'agenouiller là, Je ne sais pas si j'en serai capable, Essaie, Que votre paternité imagine que je conduise là l'éléphant et qu'il refuse de s'agenouiller, bien que je ne m'y entende pas beaucoup dans ces affaires, je suppose qu'un miracle raté est pire qu'une absence de miracle, Il n'aura pas été raté s'il reste des témoins, Et qui seront ces témoins, En premier lieu, l'ensemble de la communauté religieuse de la basilique et tous les chrétiens favorablement disposés que nous réussirons à rameuter à l'entrée du temple, en deuxième lieu, la rumeur publique qui, comme nous le savons, est capable de jurer ce qu'elle n'a pas vu et d'affirmer ce qu'elle ne sait pas, Y compris croire à des miracles qui n'ont jamais existé, demanda le cornac, Ce sont les plus savoureux, ils donnent de la peine à organiser, mais l'effort qu'ils exigent est en général payant, en outre, nous soulageons nos saints de plus grandes responsabilités, Et celles de dieu, Nous n'importunons jamais dieu pour qu'il fasse un miracle, il faut respecter la hiérarchie, tout au plus recourons-nous à la vierge qui, elle aussi, est dotée de talents thaumaturgiques, J'ai l'impression, dit le cornac, que le cynisme est florissant dans votre église catholique, Peut-être, mais si je te parle avec autant de franchise, répondit le prêtre, c'est pour que tu comprennes que nous avons vraiment besoin de ce miracle, de celui-ci ou d'un autre, Pourquoi, Parce que luther, bien que mort, cause de grands préjudices à notre sainte religion, tout ce qui peut nous aider à atténuer les effets de la prédication protestante sera bienvenu, rappelle-toi qu'il y a à peine plus de trente ans ses thèses délétères ont été affichées aux portes de l'église du château de wittenberg et que le protestantisme se répand comme une inondation dans toute l'europe, Je ne sais rien de ces thèses, ni de ce qu'elles sont, Tu n'as pas besoin de savoir, il suffit que tu aies la foi, La foi en dieu ou dans mon éléphant, demanda le cornac, Dans les deux, répondit le prêtre, Et que vais-je gagner avec cela, On ne demande pas à l'église, on donne, Dans ce cas, votre paternité devrait d'abord parler à l'éléphant, dans la mesure où le bon résultat de l'opération miraculeuse dépendra de lui, Tu as une langue bien impudente, prends garde à ne pas la perdre,

Que m'arrivera-t-il si je conduis l'éléphant à la porte de la basilique et qu'il ne s'agenouille pas, Rien, sauf si nous soupçonnons que c'est ta faute, Et si c'était le cas, Tu aurais de fortes raisons de t'en repentir. Le cornac jugea bon de capituler, À quelle heure votre paternité désire-t-elle que j'amène l'animal, demanda-t-il, Je le veux là-bas à midi pile, pas une minute plus tard, Et j'espère que cela me donnera le temps de mettre dans la tête de soliman qu'il devra s'agenouiller aux pieds de vos paternités, Pas à nos pieds, car nous en sommes indignes, mais à ceux de notre saint antoine, Et sur ces pieuses paroles le curé se retira pour rendre compte à ses supérieurs des résultats de sa démarche évangélique, Mais y a-t-il un espoir, lui demandèrent-ils, Un grand espoir, encore que nous soyons entre les mains de l'éléphant, Un éléphant n'est pas un cheval, il n'a pas de mains, C'est une façon de parler, c'est comme dire, par exemple, que nous sommes entre les mains de dieu, Loué soit son nom, Loué soit-il, mais pour en revenir à nos moutons, pourquoi sommes-nous entre les mains de l'éléphant, Parce que nous ne savons pas ce qu'il fera quand il se trouvera devant la porte de la basilique, Il fera ce que lui ordonnera le cornac, c'est à cela que sert le dressage, Faisons confiance à la bienveillante compréhension divine de la réalité de ce monde, si dieu, comme nous le supposons, souhaite être servi, il conviendra qu'il donne un coup de pouce à ses propres miracles, ceux qui témoigneront le mieux de sa gloire, Frères, la foi est toute-puissante, dieu œuvrera à ce qui sera nécessaire, Amen, s'égosilla en chœur la congrégation en se préparant mentalement à recourir à l'arsenal des oraisons adjuvantes.

Pendant ce temps-là, fritz s'efforçait par tous les moyens de faire comprendre à l'éléphant ce qu'il attendait de lui. Ce n'était pas une tâche facile pour un animal ayant des opinions fermement arrêtées, qui associerait immédiatement le geste de plier les genoux au geste suivant de se coucher pour dormir. Peu à peu, cependant, après moult coups, d'innombrables jurons et quelques supplications désespérées, la lumière commença à se faire jour dans l'esprit jusqu'alors réfractaire de soliman, à savoir qu'il devait s'agenouiller, mais sans se coucher. Ma vie, en vint à lui déclarer fritz, est entre tes mains, ce qui montre comment les idées peuvent se propager, non seulement par voie directe, de bouche à oreille, mais simplement parce qu'elles flottent dans les courants atmosphériques qui nous entourent, constituant, pour ainsi dire, un authentique bain d'immersion dans lequel on apprend à son insu. Vu la rareté des horloges, ce qui déterminait l'heure à l'époque c'était la hauteur du soleil et la taille de l'ombre qu'il projetait sur le sol. Ce fut ainsi que fritz sut que midi approchait, qu'il était donc temps de conduire l'éléphant à la porte de la basilique, et ensuite il en serait selon la volonté de dieu. Il s'y rend, à califourchon sur la nuque de soliman, comme nous l'avons vu en d'autres occasions, mais maintenant ses mains et son cœur tremblent, comme s'il était un misérable apprenti cornac. C'était sans raison. Arrivé à la porte de la basilique, devant une foule de témoins qui certifieront le miracle pour tous les temps à venir, l'éléphant, obéissant à un léger coup sur l'oreille droite, plia les genoux, non pas un, ce qui eût déjà donné satisfaction au curé venu présenter la requête, mais les deux, s'inclinant ainsi devant la majesté de dieu dans le ciel et de ses représentants sur la terre. Soliman reçut en échange une généreuse aspersion d'eau bénite qui éclaboussa même le cornac là-haut, cependant que l'assistance tombait comme un seul homme à genoux et que la momie du glorieux saint antoine frémissait de plaisir dans son tombeau.

Ce même après-midi, deux pigeons voyageurs, un mâle et une femelle, s'élevèrent de la basilique en direction de trente, emportant la nouvelle du prodigieux miracle. Pourquoi à trente et non pas à rome, où se trouve la tête de l'église, demandera-t-on. La réponse est aisée, parce que siège à trente, depuis mille cinq cent quarante-cinq, un concile œcuménique où, d'après ce qu'on en sait, se prépare la contre-offensive contre luther et ses sectateurs. Il suffira de dire que furent déjà promulgués des décrets sur les saintes écritures et la tradition, sur le péché originel, la justification et les sacrements en général. L'on comprend donc que la basilique de saint-antoine, pilier de la foi la plus pure, ait besoin d'être au courant en permanence de ce qui se passe à trente, si près d'ici, à moins de vingt lieues de distance, une authentique promenade à vol d'oiseau pour des pigeons, qui font constamment la navette entre ici et là-bas. Cette fois-ci, pourtant, c'est padoue qui détient la primauté de la nouvelle, car ce n'est pas tous les jours qu'un éléphant s'agenouille solennellement à la porte d'une basilique, apportant ainsi le témoignage que le message évangélique s'adresse à l'ensemble du règne animal et que la regrettable noyade de ces centaines de porcs dans la mer de galilée fut juste le fruit d'un manque d'expérience, à un moment où les roues dentées du mécanisme des miracles n'étaient pas encore bien lubrifiées. Ce qui importe aujourd'hui ce sont les longues files de fidèles qui se forment dans le campement pour voir l'éléphant et bénéficier du négoce de vente de poils d'éléphant que fritz organisa rapidement pour suppléer à l'absence du paiement que naïvement il avait attendu de la trésorerie de la basilique. Ne blâmons pas le cornac, d'autres qui n'ont pas œuvré autant que lui pour la foi chrétienne ne laissent pas pour autant de jouir de grasses prébendes. Demain on dira qu'une infusion de poils d'éléphant, trois fois par jour, est le plus souverain des remèdes en cas de diarrhée aiguë et que ledit poil, macéré dans de l'huile d'amande, résout, sous forme de frictions énergiques du cuir chevelu, également trois fois par jour, les cas les plus désespérés d'alopécie. Fritz ne sait plus où donner de la tête, les pièces de monnaie dans la petite bourse attachée à sa ceinture commencent à peser, si le campement restait là une semaine il deviendrait riche. Les clients ne sont pas uniquement les habitants de padoue, des gens viennent aussi de mestre et même de venise. On raconte que l'archiduc et l'archiduchesse ne reviendront pas aujourd'hui, peut-être même pas demain, qu'ils se trouvent très à leur aise dans le palais du doge, tout cela étant un motif de joie pour fritz qui ne pensa jamais avoir autant de raisons d'être reconnaissant à la maison des habsbourg. Il se demande pourquoi il n'avait jamais eu l'idée de vendre des poils d'éléphant pendant qu'il vivait en inde et en son for intérieur le plus intime, il pense qu'en dépit de l'abondance exagérée de dieux, de sous-dieux et de démons qui l'infestent, il y a bien moins de superstition dans le pays où il est né que dans cette partie de l'europe civilisée et très chrétienne, capable d'acheter aveuglément un poil d'éléphant et de croire pieusement aux balivernes du vendeur. Devoir payer pour ses propres rêves doit être le pire des désespoirs. Finalement, contrairement aux pronostics de ce qui s'appelait le journal de la caserne, l'archiduc revint dans l'après-midi du lendemain, prêt à se remettre en route dès que possible. La nouvelle du miracle était parvenue au palais du doge, mais d'une manière assez embrouillée, résultant, depuis le récit incomplet de certains témoins plus ou moins oculaires jusqu'à ceux qui parlaient simplement par ouï-dire, de la transmission successive de faits véridiques ou supposés, réels ou imaginaires, car, comme nous ne le savons que trop bien, celui qui raconte une histoire ne rate jamais l'occasion de lui ajouter un point et parfois même une virgule. L'archiduc fit venir l'intendant pour qu'il lui explique ce qui s'était passé, pas tellement le miracle en tant que tel, mais les raisons qui étaient à son origine. Sur cet aspect particulier de la question, les connaissances manquaient à l'intendant, si bien qu'il fut décidé de convoquer le cornac fritz qui, à cause de la nature de ses fonctions, devait savoir quelque chose de plus substantiel. L'archiduc attaqua la question sans tourner autour du pot, On me rapporte qu'un miracle s'est produit ici pendant mon absence, Oui, sire, Et que soliman en est l'auteur, C'est la vérité, sire, Cela veut-il dire que l'éléphant a décidé de son propre chef d'aller s'agenouiller devant la porte de la basilique, Je ne présenterais pas les choses de cette manière, votre altesse, Alors, comment les présenterais-tu, demanda l'archiduc, C'est moi qui ai conduit soliman, Je pensais bien qu'il en était ainsi, toutefois c'est une information dont on peut se passer, ce que je veux savoir, c'est dans quelle tête cette idée a germé, Moi, votre altesse, j'ai juste eu à apprendre à l'éléphant à s'agenouiller sur mon ordre, Et à toi, qui t'a donné l'ordre de faire cela, Votre altesse, il ne m'est point permis d'en parler, Quelqu'un te l'a interdit, Je ne peux pas dire qu'on me l'ait interdit expressément, mais à bon entendeur un demi-mot suffit, Qui a prononcé ce demi-mot, Votre altesse, Tu auras des raisons de te repentir amèrement si tu ne réponds pas immédiatement à la question, C'est un curé de la basilique, Explique-toi plus clairement, Il a dit qu'ils avaient besoin d'un miracle et que soliman pourrait le faire, Et toi, qu'as-tu dit, Que soliman n'était pas habitué à faire des miracles et qu'une tentative de ce genre pouvait mal tourner, Et le curé, Il m'a menacé et a déclaré que j'aurais de fortes raisons de me repentir si je n'obéissais pas, presque les mêmes mots que vous venez d'utiliser, Et qu'est-il arrivé ensuite, J'ai passé le reste de la matinée à apprendre à soliman à s'agenouiller à un signe que je lui faisais, ce ne fut pas du tout facile, mais j'ai fini par y parvenir, Tu es un bon cornac, Votre altesse me confond, Veux-tu un conseil, Oui, votre altesse, Je te conseille de ne pas dire un seul mot là-dehors de cette conversation entre nous, Il en sera ainsi fait, votre altesse, Afin de ne pas avoir de raisons de te repentir, Oui, votre altesse, je n'oublierai pas, Va et sors de la tête de soliman cette idée inepte de faire des miracles en s'agenouillant à la porte des églises, on devrait attendre beaucoup plus d'un miracle, par exemple, que pousse une jambe là où une autre a été coupée, imagine la quantité de prodiges de ce genre qu'on pourrait faire directement sur un champ de bataille, Oui, votre altesse, Va-t'en. Resté seul, l'archiduc se mit à penser qu'il avait peut-être trop parlé, que la diffusion de ses paroles, si le cornac ne tenait pas sa langue, n'apporterait aucun bénéfice à la délicate politique d'équilibre qu'il s'était efforcé de maintenir entre la réforme de luther et la réaction conciliaire déjà en cours. En fin de compte, comme dira henri quatre de france dans un avenir pas trop éloigné, paris vaut bien une messe. Pourtant, une mélancolie poignante transparaît sur le visage maigre de maximilien, peut-être parce que peu de choses dans la vie font plus mal que la conscience d'avoir trahi les idéaux de sa jeunesse. L'archiduc se dit qu'il était suffisamment âgé pour ne pas pleurer le lait répandu, que les pis pléthoriques de l'église catholique étaient là, comme à l'accoutumée, attendant les mains adroites qui les trairaient, et les faits, jusqu'à présent, avaient montré que les mains archiducales n'étaient pas complètement dépourvues de ce talent diplomatique de trayeur, à condition que ladite église prévoie que le résultat du négoce de la foi devienne avec le temps avantageux pour ses intérêts. Quoi qu'il en soit, l'histoire du faux miracle de l'éléphant dépassait les bornes du tolérable, Les gens de la basilique, pensa-t-il, perdent la tête, possédant un saint comme celui-là, un homme capable de fabriquer avec les tessons d'une cruche une cruche neuve, ou bien, étant à padoue, d'aller par la voie des airs à lisbonne pour sauver son père de la potence, ils vont demander à un cornac de leur prêter un éléphant pour simuler un miracle, ah luther, luther, comme tu avais raison. S'étant défoulé de la sorte, l'archiduc fit venir l'intendant, à qui il ordonna de prévoir le départ pour le lendemain matin, directement pour trente en une seule étape, si possible, ou alors dormant une fois de plus en route s'il n'y avait pas d'autre solution. L'intendant lui répondit que la seconde hypothèse lui semblait plus prudente, car l'expérience avait prouvé que l'on ne pouvait compter sur soliman pour des épreuves de vitesse, C'est plutôt un coureur de fond, conclut-il, pour reprendre aussitôt, Abusant de la crédulité des gens, le cornac a vendu des poils de l'éléphant sous forme d'onguents curatifs qui ne soigneront personne, Dis-lui de ma part que s'il ne met pas fin illico à ce commerce il aura des raisons de le regretter pendant le temps de vie qui lui reste, lequel ne sera sûrement pas très long, Les ordres de votre altesse seront immédiatement exécutés, il faut en finir avec cette escroquerie, cette histoire de poils d'éléphant est en train de démoraliser la caravane, notamment les cuirassiers chauves, Je veux que cette affaire soit réglée, je ne peux pas empêcher que la notoriété du miracle accompli par soliman nous poursuive pendant tout le voyage, mais au moins que l'on n'aille pas dire que la maison des habsbourg tire profit des méfaits d'un cornac devenu un charlatan, percevant une taxe sur la valeur ajoutée, comme s'il s'agissait d'une opération commerciale couverte par la loi, Je cours m'occuper de cette affaire, votre altesse, le cornac ne continuera pas à ricaner, il est dommage que nous ayons tellement besoin de lui pour conduire l'éléphant jusqu'à vienne, mais j'espère que ce qui est arrivé lui servira de leçon, Va, éteins-moi ce feu avant que quelqu'un ne s'y brûle. Tout bien considéré, fritz ne méritait pas des jugements aussi sévères. C'est très beau d'accuser et de dénoncer le délinquant, mais une justice bien comprise devra toujours prendre en considération les circonstances atténuantes, la première desquelles, dans le cas du cornac, consisterait à reconnaître que l'idée du miracle fallacieux ne lui appartient pas, que ce furent les prêtres de la basilique de saint-antoine qui tramèrent la supercherie, sans laquelle fritz n'eût jamais eu l'idée d'exploiter le système pileux de l'auteur du prodige apparent pour s'enrichir. Tant le noble archiduc que son intendant empressé avaient l'obligation de se souvenir, en reconnaissance de leurs péchés mortels et véniels, dès lors que personne dans ce monde n'est exempt de fautes, et eux moins que quiconque, de ce fameux dicton sur la poutre et la paille, lequel, adapté aux nouvelles circonstances, enseigne qu'il est plus facile de voir la poutre dans l'œil du voisin que le poil d'éléphant dans le sien. De toute façon, il ne s'agit pas d'un miracle qui perdurera dans la mémoire des peuples et des générations. Contrairement à ce que craint l'archiduc, la gloire du faux prodige ne les poursuivra pas durant le reste du voyage et commencera très vite à se dissiper. Les personnes qui font partie de la caravane, qu'elles soient nobles ou plébéiennes, militaires ou civiles, auront bien d'autres sujets de réflexion lorsque les nuages qui s'amoncellent au-dessus de la région de trente, au-dessus des premières montagnes avant la muraille des alpes, commenceront à se désintégrer en pluie, peut-être en grêle violente, sûrement en neige, et les chemins à se recouvrir de glace glissante. Et alors il est probable que certains membres de la caravane reconnaîtront enfin que le pauvre éléphant n'est qu'un complice innocent dans ce grotesque épisode de l'histoire comptable de l'église et que le cornac n'est qu'un produit insignifiant des temps corrompus dans lesquels il nous est échu de vivre. Adieu, monde, tu vas de mal en pis.

En dépit du souhait formulé par l'archiduc, il ne fut pas possible de franchir la distance entre padoue et trente en une seule étape. Il est certain que soliman fit de grands efforts, dans la mesure où put l'y forcer le cornac, qui paraissait vouloir se venger du fiasco de son négoce si bien commencé et si mal terminé, mais les éléphants, même quand ils sont du genre à atteindre les quatre tonnes de poids, ont aussi leurs limites physiques. L'intendant avait bien raison de le classer parmi les coureurs de fond. À vrai dire, ce fut mieux ainsi. Au lieu d'arriver le soir entre chien et loup, presque de nuit, ils entrèrent à trente à l'heure de midi, avec des gens dans les rues et sous les applaudissements qui en étaient la conséquence. Le ciel continuait à être couvert et semblait n'être plus qu'un seul grand nuage, d'un horizon à l'autre, mais il ne pleuvait pas. Les météorologues de la caravane qui, par vocation, étaient presque tous ceux qui en faisaient partie, furent unanimes. Ça sent la neige, disaient-ils, et une fameuse neige. Lorsque le cortège arriva à trente, une surprise l'attendait sur la place de la cathédrale dédiée à saint virgile. Au centre géométrique de ladite place se dressait, à peu près deux fois moins grande que sa taille naturelle, la statue d'un éléphant, ou plutôt une construction en planches qui avaient tout l'air d'avoir été appareillées à la hâte, laquelle, sans un souci excessif d'exactitude anatomique, encore que ne lui manquassent pas une trompe arquée ni des défenses où l'ivoire avait été remplacé par une couche de peinture blanche, devait représenter soliman, ou bien ne pouvait que le représenter lui, puisqu'on n'attendait pas d'autre animal de la même espèce dans ces parages et qu'il n'apparaissait pas qu'un autre eût participé à l'histoire de trente, en tout cas pas dans un passé récent. Quand il se trouva face à la silhouette éléphantine, l'archiduc frémit. Ses pires craintes se confirmaient, le bruit du miracle était parvenu jusqu'ici et les autorités religieuses du bourg, qui profitaient déjà assez, matériellement et spirituellement, de la tenue du concile à l'intérieur de leurs murs, avaient vu corroborée la sainteté, pour ainsi dire adjacente, de trente par rapport à padoue et à la basilique de saint-antoine, si bien qu'elles avaient décidé de le manifester en élevant en face de la cathédrale, où étaient réunis depuis des années les cardinaux, les évêques et les théologiens, une armature sommaire représentant la créature miraculeuse. Regardant plus attentivement, l'archiduc remarqua que le dos de l'éléphant présentait de grands sabords, des sortes de trappes qui lui rappelèrent aussitôt le très célèbre cheval de troie, encore qu'il fût plus qu'évident que la panse de la statue ne serait pas assez spacieuse pour contenir fût-ce une escadre d'infants, sauf s'ils étaient lilliputiens, chose impossible puisque ce mot n'existait pas encore. Pour dissiper tout doute, l'archiduc préoccupé ordonna à l'intendant d'aller vérifier que diable faisait cet épouvantail mal assemblé qui lui causait tant d'inquiétude. L'intendant alla s'enquérir et revint avec le résultat de ses investigations. Il n'y avait pas de raison de s'effrayer. L'éléphant avait été fabriqué dans le but de fêter le passage de maximilien d'autriche dans la ville de trente et son autre finalité, car il y en avait vraiment une, serait de servir de support aux feux d'artifice qui jailliraient de la carcasse à la tombée de la nuit. L'archiduc poussa un soupir de soulagement, finalement l'exploit de l'éléphant n'avait mérité aucune considération spéciale à trente, sauf peut-être de terminer en cendres, car il était très probable que les traînées de poudre finiraient par faire flamber le bois, procurant ainsi à l'assistance un final qui, bien des années plus tard, recevra infailliblement le qualificatif de wagnérien. Il en fut bien ainsi. Après une tempête de couleurs, où le jaune du sodium, le rouge du calcium, le vert du cuivre, le bleu du potassium, le blanc du magnésium et le doré du fer firent des prodiges, où les étoiles, les jets d'eau, les lentes chandelles et les cascades lumineuses jaillirent des entrailles de l'éléphant comme d'une inépuisable corne d'abondance, la fête se termina dans un grand brasier que nombre d'habitants de trente mirent à profit pour se chauffer les mains, cependant que soliman, abrité sous un auvent construit exprès à cet effet, finissait son deuxième ballot de fourrage. Peu à peu le brasier se mua en bûcher ardent, mais le froid l'empêcha de durer longtemps, les braises se transformèrent vite en cendres, toutefois, à ce moment-là, une fois le spectacle principal terminé, l'archiduc et l'archiduchesse s'étaient déjà retirés. La neige commença à tomber.

Les alpes sont là. Elles sont là, certes, mais on les distingue à peine. La neige descend doucement, telles de légères touffes de coton en branche, mais cette douceur est trompeuse, notre éléphant peut le dire, lui qui transporte sur le dos, de plus en plus visible, une tache de glace qui aurait déjà dû être remarquée par le cornac n'était la circonstance qu'il est originaire de contrées chaudes où cette sorte d'hiver est inconcevable, fût-ce en imagination. Il est vrai que dans la vieille inde, vers le nord, les montagnes ne manquent pas, ni la neige dessus, mais subhro, maintenant fritz, n'a jamais eu les moyens de voyager pour son plaisir ni de voir le monde. Son unique expérience de la neige il l'a eue à lisbonne, quelques semaines seulement après son arrivée de goa, quand, lors d'une nuit froide, il vit descendre du ciel une poussière blanche, comme de la farine tombant d'un tamis, qui fondait à peine touchait-elle le sol. Rien par conséquent qui ressemblât à l'immensité blanche qui s'étend devant ses yeux à perte de vue. Très vite, les touffes de coton s'étaient muées en gros flocons lourds qui, poussés par le vent, venaient fustiger comme des gifles le visage du cornac. Juché sur la nuque de soliman, emmitouflé dans sa capote, fritz ne sentait pas trop le froid, mais ces coups continuels, incessants, l'inquiétaient comme une menace dangereuse. On lui avait dit que le trajet de trente à bolzano était, pour ainsi dire, une promenade d'une dizaine de lieues, ou un peu moins, c'est-à-dire un saut de puce, mais pas par ce temps-là, quand la neige semble munie de griffes destinées à arrêter et retarder le moindre mouvement et jusqu'à la respiration elle-même, comme si elle n'était pas disposée à laisser l'imprudent s'en aller de là. Qui pourrait mieux le dire que soliman qui, malgré la force dont l'a doté la nature, se traîne péniblement sur le chemin escarpé. Nous ne savons pas à quoi il pense, mais nous pouvons au moins être certains d'une chose dans ces alpes et c'est qu'il n'est pas un éléphant heureux. À l'exception des moments où les cuirassiers passent en chevauchant du mieux qu'ils peuvent leurs montures transies, dévalant ou escaladant les montagnes, pour observer la disposition de la caravane afin d'éviter dispersions ou égarements susceptibles de causer la mort de ceux qui se perdraient dans ces parages glacés, le chemin semble exister uniquement pour l'éléphant et son cornac. Habitué depuis valladolid à la proximité du carrosse de l'archiduc et de l'archiduchesse, le cornac s'étonne de ne pas le voir devant lui, nous ne nous hasarderons pas à parler de l'éléphant, car, comme nous l'avons déjà dit, nous ne savons pas ce qu'il pense. Le carrosse archiducal est là quelque part, mais on n'en aperçoit même pas la trace, et de la charrette du fourrage censée venir derrière, il n'y a pas non plus de nouvelles. Le cornac regarda dans cette direction pour le vérifier, et ce regard providentiel lui permit de remarquer la couche de glace qui recouvrait l'arrière-train de soliman. Bien qu'il ignorât tout des sports d'hiver, il lui sembla que la glace était assez mince et qu'elle avait un aspect cassant, probablement dû à la chaleur du corps de l'animal qui l'empêcherait de durcir complètement. Un moindre mal, pensa-t-il. En tout cas, avant que la glace n'épaississe, il fallait la lui retirer. Avec mille précautions, de peur de glisser lui-même, le cornac avança à quatre pattes sur le dos de l'éléphant jusqu'à parvenir à la plaque de glace intruse, laquelle finalement n'était pas aussi mince et cassante qu'elle l'avait paru auparavant. Il ne faut jamais se fier à la glace, première leçon qu'il est indispensable de retenir. En cheminant sur une mer gelée par la froidure, nous pouvons donner l'impression à autrui d'être en train de marcher sur les eaux, mais cette illusion est fausse, aussi fausse que le faux miracle de soliman devant la porte de la basilique de saint-antoine, soudain la glace peut se rompre et on ne sait jamais ce qui arrivera. Le problème que fritz doit à présent régler résulte de l'absence d'un instrument capable de détacher la maudite glace de la peau de l'éléphant, une spatule à lame fine et bout arrondi, par exemple, serait idéale, mais ce genre de spatule ne se trouve pas par ici, si tant est qu'à cette époque il y eût déjà des gens pour les fabriquer. Par conséquent, la seule solution consistera à travailler avec l'ongle, et nous ne disons pas cela au sens figuré. Le cornac avait déjà les doigts engourdis quand il comprit où résidait le nœud gordien de cette affaire, et c'était ni plus ni moins le fait que les poils épais et durs de l'éléphant avaient fait cause commune avec la glace, chaque petite avancée s'obtenait donc au prix d'une dure bataille, car s'il n'y avait pas de spatule pour aider à décoller la glace de la peau, il n'y avait pas non plus de ciseaux pour couper l'entremêlement pileux. Dégager chaque poil de la glace devint rapidement une tâche au-delà des possibilités physiques et mentales de fritz, obligé finalement de renoncer à l'opération avant de se transformer lui-même en un lamentable bonhomme de neige à qui il manquerait simplement une pipe dans la bouche et une carotte à la place du nez. Les mêmes poils qui avaient été la source d'un négoce prometteur, vite arrêté par les scrupules moraux de l'archiduc, étaient maintenant la cause d'un fiasco dont les conséquences pour la santé de l'éléphant restaient encore à découvrir. Comme si cela ne suffisait pas, une autre question, apparemment urgente, s'était présentée dans les dernières minutes. Déconcerté par le déplacement du poids familier du cornac de sa nuque vers son arrière-train, l'éléphant donnait des signes manifestes de désorientation, comme s'il avait perdu le sens du chemin et ne savait plus vers où se diriger. Fritz n'eut pas le choix, il dut vite revenir en rampant à sa place habituelle et reprendre les manettes de la conduite. Quant à la plaque de glace qui resta derrière, supplions le dieu des éléphants de bien vouloir empêcher la survenue de catastrophes majeures. S'il y avait par ici un arbre avec une branche assez vigoureuse, située à trois mètres de hauteur et raisonnablement parallèle au sol, soliman lui-même se chargerait de se libérer de l'incommode et peut-être dangereuse couverture de glace, il suffirait qu'il puisse s'y frotter comme traditionnellement et de temps immémorial les éléphants se frottent aux troncs des arbres lorsqu'une démangeaison les importune de façon insupportable. Maintenant que la neige avait redoublé d'intensité, et cela ne veut pas dire qu'une chose fût la conséquence de l'autre, le chemin était devenu plus escarpé, comme s'il en avait assez de se traîner à ras de terre et voulait s'élever vers le ciel, ne serait-ce qu'à un de ses niveaux inférieurs. Les colibris non plus ne peuvent pas rêver de battre vigoureusement des ailes à l'instar des albatros pour lutter contre la violence du vent ni de bénéficier du vol majestueux de l'aigle doré au-dessus des vallées. Chacun est ce pour quoi il est né, mais il faut toujours envisager la possibilité que des exceptions importantes se présentent à nous, comme pour soliman, lequel n'était pas né pour ce climat, mais qui n'eut plus qu'à inventer de son propre chef une manière de compenser l'inclinaison du terrain, laquelle consista à allonger sa trompe devant lui, ce qui lui donne l'allure très particulière d'un guerrier lancé à l'assaut et qu'attendent la mort ou la gloire. Et tout, à l'entour, n'est que neige et solitude. Cette blancheur, déclare quelqu'un qui connaît la région, cache un paysage d'une beauté extraordinaire. Cependant personne ne le dirait, et surtout pas nous, qui nous trouvons là. La neige a dévoré les vallées, fait disparaître la végétation, s'il y a par ici des maisons habitées elles s'aperçoivent à peine, un mince filet de fumée sortant par la cheminée est l'unique signe de vie, une personne à l'intérieur a allumé des bûches de bois humides et attend, derrière une porte pratiquement bloquée par l'abondante chute de neige, que vienne le secourir un saint-bernard avec un tonnelet de cognac attaché autour du cou. Presque sans qu'on s'en aperçût, l'escarpement avait pris fin, soliman pourra reprendre haleine, réduire à un tranquille pas de promenade l'effort démesuré qu'il venait de faire, qui plus est avec un cornac juché sur sa nuque et une carapace de glace opprimant son arrière-train. Le rideau de neige s'était un peu éclairci, permettant plus ou moins de distinguer environ trois ou quatre cents mètres de chemin, comme si le monde avait enfin décidé de retrouver sa normalité météorologique disparue. Telle était peut-être réellement l'intention du monde, mais quelque chose d'anormal devait s'être produit pour qu'un rassemblement de personnes, de chevaux et de voitures se fût formé, comme si un bon endroit pour pique-niquer venait d'être découvert. Fritz fit allonger le pas de soliman et il constata aussitôt qu'il était parmi les siens, qu'il avait rejoint la caravane, ce qui d'ailleurs ne requérait pas une grande perspicacité car, comme nous le savons, il n'y a que cet archiduc-ci d'autriche et aucun autre. Il descendit de l'éléphant et la question qu'il posa à la première personne rencontrée, Que se passe-t-il, reçut vite une réponse, L'essieu avant du carrosse de son altesse s'est cassé, Quel malheur, s'exclama le cornac, Le charpentier préposé aux voitures et ses assistants sont déjà en train d'installer un autre essieu, dans une heure nous serons prêts à reprendre la marche, Et où l'aviez-vous, Quoi, L'autre essieu, Tu es sans doute très calé en matière d'éléphants, mais il ne te vient pas à l'esprit que personne ne se risque à entreprendre un voyage pareil sans emporter des pièces de rechange, Et leurs altesses, ont-elles subi des dommages corporels, Aucun, juste une grande frayeur, car le carrosse s'est incliné sur le côté, Où sont-elles en ce moment, À l'abri, dans un autre carrosse, plus loin, La nuit ne va pas tarder à tomber, Avec une neige pareille, on y voit clair sur le chemin, personne ne se perdra, déclara le sergent des cuirassiers, son interlocuteur. Et c'était vrai, car la charrette transportant les ballots de fourrage arrivait à l'instant même et fort à-propos, vu que soliman, après avoir traîné ses quatre tonnes tout en haut de la montagne, avait vraiment besoin de reprendre des forces. Le temps de dire amen, fritz détacha deux ballots sur place, et le deuxième amen, s'il fut prononcé, trouva déjà l'éléphant en train d'engloutir avidement sa pitance. Immédiatement derrière apparurent les cuirassiers en queue de la caravane et, avec eux, le reste de l'équipage, tous transis de froid, affaiblis par l'effort gigantesque qu'ils avaient dû faire sur des lieues et des lieues, mais bien contents d'avoir rejoint le sein du cortège. Comme l'enseigne la sagesse populaire jamais trop encensée et comme cela fut une fois de plus prouvé, les desseins de dieu sont insondables, il écrit droit sur des lignes tordues et c'est le mode qu'il préfère. Quand l'essieu fut enfin remplacé et que la solidité de la réparation fut vérifiée, l'archiduc et l'archiduchesse retournèrent au confort de leur carrosse et, regroupé, le cortège se remit en branle après que ses parties constitutives, militaires comme civiles, eurent reçu l'ordre catégorique de maintenir à tout prix leur cohésion physique, afin de ne point retomber dans le regrettable éparpillement précédent, que seule une grande chance avait préservé des plus funestes conséquences. Il faisait nuit noire lorsque la caravane entra à bolzano.

Le lendemain, la caravane dormit jusqu'à une heure tardive, l'archiduc et l'archiduchesse chez une famille noble du bourg, les autres dispersés dans la petite ville de bolzano, les uns ici, les autres là, les chevaux des cuirassiers répartis entre les écuries qui avaient encore des places disponibles et les humains hébergés chez des particuliers, car camper en plein air n'eût guère été très folichon, ni même possible, sauf si la compagnie avait encore eu la force de passer le restant de la nuit à balayer la neige. Trouver un abri pour soliman fut autrement plus ardu. Après de longues recherches, on finit par dénicher un hangar qui n'était rien d'autre que cela, un auvent sans protections latérales qui n'abriterait guère soliman davantage que s'il avait eu à dormir à la belle étoile, façon lyrique qu'ont les français de dire dans le serein, manière portugaise de s'exprimer, également impropre, car le serein n'est qu'une humidité nocturne, une rosée, une brume, des insignifiances météorologiques, comparées à cette neige épaisse des alpes qui a bien justifié la désignation de manteau d'un blanc éclatant, lit à coup sûr fatal. Rien moins que trois ballots de fourrage furent déposés là, pour la satisfaction des appétits immédiats et nocturnes de soliman, aussi enclin à en éprouver que n'importe quel être humain. Quant au cornac, il eut la chance de bénéficier, dans la distribution des logements, d'une paillasse miséricordieuse par terre et d'une non moins miséricordieuse couverture, dont il augmenta la puissance calorifique en étendant la capote par-dessus, bien que celle-ci fût encore légèrement humide. Dans la chambre de la famille hospitalière il y avait trois lits, un pour le père et la mère, un autre pour les trois fils âgés de neuf à quatorze ans et le troisième pour la grand-mère septuagénaire et deux servantes. Le seul paiement réclamé à fritz fut qu'il racontât des histoires d'éléphant, ce à quoi il accéda volontiers, commençant par sa pièce de résistance, c'est-à-dire la naissance de ganesh et terminant par la récente et, à son avis, héroïque ascension des alpes par soliman que nous croyons avoir déjà relatée suffisamment en détail. Alors le père se dit du fond de son lit, pendant que l'on entendait sa femme ronfler, que plus ou moins dans ces mêmes parages des alpes, selon de très anciennes histoires et légendes subséquentes, étaient passés aussi, après avoir traversé les pyrénées, le célèbre général carthaginois hannibal et son armée d'hommes et d'éléphants africains qui causeraient tant de soucis aux soldats de rome, bien que, d'après des versions modernes, il ne se fût pas agi d'éléphants africains proprement dits, avec de grandes oreilles et une corpulence effrayante, mais de ce que l'on appelle éléphants des forêts, à peine plus grands que des chevaux. Les chutes de neige étaient fort abondantes en ce temps-là, ajouta-t-il, et il n'y avait même pas de chemins. On dirait que vous n'aimez pas beaucoup les romains, hasarda fritz, La vérité, c'est qu'ici nous sommes plus autrichiens qu'italiens, en allemand notre ville s'appelle bozen, Moi, j'aime bien bolzano, ça sonne mieux à mes oreilles, C'est sûrement parce que vous êtes portugais, Être venu du portugal ne fait pas de moi un portugais, Alors, d'où est votre seigneurie, si j'ose le demander, Je suis né en inde et je suis cornac, Cornac, Oui, monsieur, cornac est le nom qu'on donne à ceux qui conduisent les éléphants, Dans ce cas, le général carthaginois a sûrement dû avoir pas mal de cornacs dans son armée, On ne mènerait les éléphants nulle part s'il n'y avait pas quelqu'un pour les guider, Il les a menés à la guerre, À la guerre des hommes, À vrai dire, il n'y en a point d'autres. L'homme était un philosophe.

De bon matin, ayant repris des forces et l'estomac plus ou moins réconforté, fritz remercia de l'hospitalité et s'en fut voir s'il avait encore un éléphant à soigner. Il avait rêvé que soliman avait quitté bolzano dans le silence de la nuit et qu'il s'était mis à batifoler dans les montagnes et les vallées des alentours, pris d'une sorte d'ivresse qui ne pouvait être que l'effet de la neige, bien que la bibliographie connue en la matière, si nous en exceptons celle des désastres de la guerre d'hannibal dans les alpes, se fût limitée dans les derniers temps à enregistrer avec une monotonie ennuyeuse les jambes et les bras cassés des amoureux du ski. Il y eut un temps folâtre jadis où quand quelqu'un dégringolait du haut d'une montagne c'était pour aller s'écrabouiller, mille mètres plus bas, au fond d'une vallée déjà constellée de côtes, de tibias et de crânes d'autres aventuriers également malchanceux. Ça, c'était vraiment la vie. Sur la place de bolzano, il y avait déjà plusieurs cuirassiers réunis, certains sur leur monture, d'autres pas, et ceux qui manquaient encore étaient en train d'arriver. Il neigeait, mais peu. Fidèle à ses habitudes de curieux par nécessité, dès lors que personne ne l'informait de première main, fritz s'en fut questionner le sergent. Il n'eut pas besoin de dire plus qu'un bonjour bien élevé, car le militaire, sachant d'avance ce qu'il voulait, lui communiqua les nouvelles, Nous allons à bressanone, ou brixen, comme nous disons en allemand, aujourd'hui le voyage sera bref, il n'atteindra pas les dix lieues. Après une pause destinée à créer une expectative, le sergent ajouta, Il semble qu'à brixen nous allons pouvoir jouir de quelques jours de repos, nous en avons bien besoin, Je parle pour moi, soliman peut à peine mettre une patte devant l'autre, ce n'est pas un climat pour lui, il va m'attraper une pneumonie par ici et après j'aimerais bien voir ce que son altesse fera de ses pauvres os, Tout va s'arranger, déclara le sergent, jusqu'ici les choses ne se sont pas trop mal passées. Fritz ne put qu'acquiescer et alla voir l'éléphant. Il le trouva dans le hangar, apparemment tranquille, mais le cornac, encore sous l'impression de son rêve dérangeant, eut l'impression qu'il faisait semblant, comme s'il avait réellement abandonné bolzano au milieu de la nuit pour aller s'ébattre dans la neige, peut-être jusqu'aux cimes les plus hautes, où l'on dit qu'elle est éternelle. Par terre, il n'y avait pas le moindre vestige du fourrage qu'on lui avait laissé, pas même une paille en guise d'échantillon, ce qui au moins permettait d'espérer que l'animal ne se mettrait pas à pleurnicher de faim comme font les petits enfants, encore que, et c'est là chose peu connue généralement, il soit, lui l'éléphant, une autre espèce d'enfant, sinon physiquement, du moins dans son intelligence imparfaite. En vérité, nous ne savons pas ce que pense un éléphant, mais nous ne savons pas non plus ce que pense un enfant, sauf ce qu'il juge bon de nous dire, par conséquent, en principe, rien à quoi nous devrions faire trop confiance. Fritz fit signe qu'il voulait monter et l'éléphant, empressé, avec tout l'air de vouloir se voir pardonner quelque espièglerie, lui offrit une défense pour qu'il y appuie le pied, comme s'il s'agissait d'un étrier, et il l'enlaça par la taille avec sa trompe, comme s'il le prenait dans ses bras.

D'une seule impulsion, il le hissa sur sa nuque, où il le laissa confortablement installé. Fritz regarda derrière lui et contrairement à ce à quoi il s'attendait, il ne vit pas la moindre trace de glace sur l'arrière-train. Il y avait là un mystère qu'il ne lui serait probablement pas donné d'élucider. Ou bien l'éléphant, n'importe lequel, et celui-ci en particulier, dispose d'un système d'autorégulation thermique, capable accidentellement, après une nécessaire concentration mentale, de faire fondre une couche de glace d'une épaisseur raisonnable, ou bien l'exercice d'escalader et de dévaler des montagnes à grande vitesse avait eu pour effet que ladite glace se soit détachée de la peau malgré l'entremêlement labyrinthique de poils qui avait donné tant de fil à retordre au cornac fritz. Certains mystères de la nature semblent à première vue impénétrables et la prudence conseille peut-être de les laisser ainsi, de peur qu'une connaissance acquise brutalement finisse par nous faire plus de mal que de bien. Voyez, par exemple, le résultat de la consommation par adam au paradis de ce qui semblait être une vulgaire pomme. Il se peut que le fruit proprement dit ait été l'œuvre délicieuse de dieu, encore que d'aucuns affirment qu'il ne fut pas une pomme, mais plutôt une tranche de pastèque, dont les graines, elles, furent en tout cas placées là par le diable. Et de couleur noire, par-dessus le marché.

Le carrosse de l'archiduc et de l'archiduchesse attend déjà ses nobles, ses illustres, ses éminents passagers. Fritz conduit l'éléphant vers la place qui lui est réservée dans le cortège, c'est-à-dire derrière le carrosse, mais à une distance prudente, au cas où l'archiduc s'irriterait du voisinage d'un mystificateur qui, ne recourant pas à l'outrance classique consistant à vendre chat en poche, bernait cependant les malheureux chauves, lesquels incluaient même les cuirassiers les plus courageux, avec la promesse d'une chevelure aussi fournie que celle du mythique et malheureux samson. Vaine préoccupation, car l'archiduc ne regarda tout simplement pas dans cette direction, il avait visiblement d'autres sujets de réflexion, il voulait arriver encore de jour à bressanone et le cortège avait déjà pris du retard. Il dépêcha son aide de camp à la tête de la caravane avec ses ordres, lesquels pouvaient se résumer en trois mots pratiquement synonymes, rapidité, vélocité, prestesse, compte tenu, évidemment, des effets retardateurs de la neige qui avait commencé à tomber plus fort, et aussi de l'état des chemins, en général exécrables et à présent pires. Ce sont seulement dix lieues, avait informé le serviable sergent, mais si, d'après les comptes actuels, dix lieues sont cinquante mille mètres ou quelques dizaines de milliers de pas anciens, et les calculs étant les calculs, on ne peut pas y échapper, ces gens et ces bêtes, qui viennent de se mettre en route pour encore une autre journée pénible, devront beaucoup souffrir, surtout ceux qui n'ont pas la chance d'avoir un toit au-dessus d'eux, c'est-à-dire presque tous. Comme la neige vue de derrière une vitre est belle, dit ingénument l'archiduchesse marie à l'archiduc maximilien, son mari, mais dehors, les yeux aveuglés par la bourrasque et les bottes trempées, les pieds et les mains brûlant comme dans le feu de l'enfer à cause des engelures, il faudrait demander au ciel ce que nous avons fait pour mériter un tel châtiment. Comme l'a écrit le poète, les pins ont beau faire signe, le ciel ne leur répond pas. Il ne répond pas non plus aux hommes, bien que dans leur majorité ceux-ci connaissent depuis leur enfance les prières idoines, le hic étant de les adresser à dieu dans une langue qu'il comprenne. Le froid aussi, quand il arrive, est pour tous, dit-on, mais tous ne l'attrapent pas sur les reins dans la même proportion. La différence réside entre voyager dans un carrosse tapissé de pelisses et de couvertures munies d'un thermostat et avancer à pied ou la botte glissée dans un étrier gelé qui opprime comme un tourniquet sous le fouet de la neige. Heureusement, cependant, que l'information transmise à fritz par le sergent à propos de l'éventualité d'un bon repos à bressanone s'était répandue comme une brise printanière dans toute la caravane, mais les pessimistes, l'un après l'autre et tous ensemble, s'étaient empressés de rappeler aux oublieux les dangers du col d'isarco, pour ne pas parler encore d'un autre, bien pire, plus loin, celui de brenner, déjà en territoire autrichien. Si hannibal s'était aventuré à les traverser, nous n'aurions probablement pas eu à attendre la bataille de zama pour assister, dans notre cinéma de quartier, à l'ultime et définitive défaite de l'armée carthaginoise par scipion l'africain, long péplum produit par l'aîné des enfants de benito, vittorio mussolini. Cette fois-là, les éléphants ne furent d'aucun secours au grand hannibal.

Perché sur la nuque de soliman, recevant en pleine figure la fustigation de la neige projetée par l'incessante bourrasque, fritz n'est pas dans la meilleure des dispositions pour élaborer et développer des pensées élevées. Il se creuse néanmoins la cervelle pour trouver la meilleure façon d'améliorer ses relations avec l'archiduc, qui a non seulement cessé de lui adresser la parole, mais aussi de le regarder. À valladolid, les choses avaient pourtant bien commencé, mais soliman, avec ses troubles intestinaux sur la route de rosas, avait causé de graves dommages à la noble cause de l'harmonie entre des classes sociales aussi éloignées l'une de l'autre que celles des cornacs et des archiducs. Avec de la bonne volonté, tout cela pourrait être oublié, mais son délit, celui de subhro ou de fritz, seul le diable sait comment il s'appelle, ce délire qui le poussa à vouloir s'enrichir par des moyens illicites et moralement répréhensibles, mit fin à tout espoir de raccommodement de l'estime presque fraternelle qui durant un instant magique avait rapproché le futur empereur d'autriche de l'humble conducteur d'éléphants. Les sceptiques ont raison lorsqu'ils affirment que l'histoire de l'humanité est une interminable succession d'occasions manquées. Heureusement, grâce à l'inépuisable générosité de l'imagination, nous suppléons aux manques, nous comblons les lacunes du mieux que nous pouvons, nous perçons des issues dans les impasses qui continueront à être des impasses, nous inventons des clés pour ouvrir des portes orphelines de serrures ou qui n'en ont jamais eu. C'est ce que fait fritz en ce moment pendant que soliman, soulevant péniblement ses lourdes pattes, une, deux, une, deux, foule la neige qui continue à s'accumuler sur le chemin, pendant que l'eau pure dont elle est faite se transforme insidieusement en la plus glissante des glaces. Amer, fritz pense que seul un acte héroïque de sa part pourra lui restituer la bienveillance de l'archiduc, mais il a beau tourner et retourner cette idée dans sa tête, il ne trouve rien de grandiose pour attirer, ne fût-ce que l'espace d'une seconde, un regard débonnaire de la part de son altesse. Il imagina alors que l'essieu du carrosse d'apparat, qui s'était brisé une fois, s'était de nouveau rompu, et que la porte du carrosse s'était ouverte toute grande à cause du déséquilibre inopiné, précipitant dehors l'archiduchesse sans défense, laquelle, glissant sur ses multiples jupes le long d'une pente pas trop escarpée, ne réussit à s'arrêter qu'au fond du ravin, par bonheur saine et sauve. L'heure du cornac fritz était arrivée. D'un toucher du bâton qui lui sert de volant, il conduisit soliman au bord du ravin et le fit descendre avec fermeté et sûreté jusqu'où se trouvait la fille de charles quint, encore à moitié étourdie. Plusieurs cuirassiers s'apprêtaient aussi à descendre, mais l'archiduc les retint, Laissez, nous allons voir comment il s'en tire. Il avait à peine terminé sa phrase que déjà l'archiduchesse, hissée par la trompe de l'éléphant, se retrouvait assise entre les jambes écartées de fritz, dans une proximité corporelle qui en d'autres circonstances eût été un motif de scandale gravissime. Si elle avait été la reine de portugal, il y aurait sûrement eu une confession. Là-haut, les cuirassiers et les autres membres du cortège applaudissaient avec enthousiasme le sauvetage héroïque, pendant que l'éléphant, apparemment conscient de sa prouesse, remontait la pente au pas avec une fermeté renouvelée. De retour sur le chemin, l'archiduc reçut sa femme dans ses bras et, levant la tête pour regarder le cornac bien en face, il lui dit en castillan, Bravo, fritz, merci. L'âme de fritz eût éclaté sur-le-champ de joie, à supposer que pareil phénomène pût se produire dans quelque chose qui est encore moins qu'un pur esprit, si tout ce qui vient d'être décrit n'avait été autre chose que le fruit maladif d'une imagination coupable. La réalité le montrait tel qu'il était, courbé sur l'éléphant, presque invisible sous la neige, image désolée d'un triomphateur vaincu, démontrant une fois de plus la proximité du capitole de la roche tarpéienne, là-bas on te couronne de lauriers et ici on te pousse vers où, gloire partie en fumée, honneur perdu, tu laisseras tes misérables os. L'essieu du carrosse ne se brisa pas, l'archiduchesse somnole paisiblement sur l'épaule de son mari, sans soupçonner qu'un éléphant l'avait sauvée et qu'un cornac venu du portugal avait servi d'instrument à la providence divine. Malgré toutes les critiques qui pleuvent sur lui, le monde découvre chaque jour de nouvelles manières de fonctionner tant bien que mal, qu'on nous permette ce petit hommage à la culture française, la preuve étant que, lorsque les bonnes choses n'arrivent pas d'elles-mêmes dans la réalité, la libre imagination aide à composer le tableau de façon plus équilibrée. Il est vrai que le cornac ne sauva pas l'archiduchesse, mais il aurait pu le faire puisqu'il l'avait imaginé, et c'est cela qui compte. Bien qu'il eût été restitué sans pitié à la solitude et aux coups de dents du froid et de la neige, fritz, grâce à certaines croyances fatalistes qu'il avait eu le temps d'intérioriser, c'est-à-dire de se fourrer dans la tête à lisbonne, pense que s'il est prévu sur les tablettes du destin que l'archiduc fera la paix avec lui, ce moment adviendra par la force des choses. Réconforté par cette certitude, il s'abandonna au balancement du pas de soliman, seul dans le paysage, car une fois de plus, à cause de la neige qui continuait à tomber, l'arrière du carrosse était devenu invisible. La faible visibilité permettait encore de distinguer où l'on mettait les pieds, mais pas où ceux-ci vous menaient. Cependant, l'orographie avait changé, d'abord d'une façon qu'on pourrait qualifier de discrète, douce, presque une pure ondulation, et à présent avec une violence inquiétante, comme si les montagnes avaient entamé un processus apocalyptique de fractures en progression géométrique. Vingt lieues avaient suffi pour passer des contreforts arrondis, qui étaient comme de fausses collines, à l'agitation tumultueuse des masses rocheuses, fendues en défilés, dressées en pics qui escaladaient le ciel et d'où, de temps à autre, se précipitaient au bas des pentes de véloces avalanches donnant naissance à de nouveaux paysages et à de nouvelles pistes pour le plaisir futur des amoureux du ski. Nous approchons apparemment du col d'isarco que les autrichiens s'obstinent à appeler einsack. Il faudra encore marcher pendant au moins une heure pour arriver là-bas, mais un amincissement providentiel de l'épais rideau de neige permit d'entrevoir au loin, l'espace d'un bref instant, une déchirure verticale dans la montagne, L'isarco, dit le cornac. Il en était bien ainsi. L'on a du mal à comprendre pourquoi l'archiduc maximilien avait décidé de faire le voyage de retour à cette période de l'année, mais l'histoire a consigné ce fait incontestable et documenté, avalisé par les historiens et confirmé par le romancier à qui il faudra pardonner certaines libertés au nom, non seulement de son droit à inventer, mais aussi de la nécessité de combler certaines lacunes afin de ne pas perdre complètement la sainte cohérence du récit. Au fond, il faut reconnaître que l'histoire n'est pas uniquement sélective, elle est aussi discriminatoire, elle ne cueille de la vie que ce qui l'intéresse en tant que matériau socialement tenu pour historique et elle dédaigne tout le reste, précisément là où pourrait peut-être résider la vraie explication des faits, des choses, de cette putain de réalité. En vérité je vous dirai, en vérité je vous le dis, il vaut mieux être romancier, inventeur de fictions, menteur. Ou cornac, en dépit des fantaisies échevelées auxquelles, par origine ou profession, ils semblent enclins. Bien que fritz n'eût d'autre solution que de se laisser mener par soliman, force nous est de reconnaître que l'histoire instructive que nous relatons ne serait pas la même si celui qui guide l'éléphant était un autre. Jusqu'à présent, fritz a été un personnage décisif à tous les moments de cette relation, qu'ils soient dramatiques ou comiques, risquant de se montrer ridicule chaque fois que cela fut jugé bon pour pimenter le récit ou simplement souhaitable d'un point de vue tactique, déguisant les humiliations sans élever la voix, sans altérer l'expression de son visage, veillant à ne point laisser transparaître que sans lui il n'y aurait eu personne pour apporter la lettre à garcia comme il advint à cuba ou conduire l'éléphant à vienne. Ces observations seront peut-être jugées inutiles par des lecteurs davantage intéressés par la dynamique du texte que par des manifestations prétendument solidaires et d'une certaine façon œcuméniques, mais fritz, ainsi qu'on l'a vu, passablement découragé à la suite des derniers événements désastreux, avait besoin que quelqu'un pose une main amie sur son épaule, et c'est exactement ce que nous avons fait, placer la main sur son épaule. Quand le cerveau divague, quand il nous emporte sur les ailes du délire, nous ne nous rendons pas compte des distances parcourues, surtout quand les pieds qui nous mènent ne sont pas les nôtres. À part un ou deux flocons vagabonds qui s'étaient égarés en chemin, on peut dire qu'il avait cessé de neiger. L'étroit sentier qui s'esquisse devant nous est le fameux col d'isarco. De part et d'autre, pratiquement à pic, les parois du défilé semblent sur le point de s'ébouler sur le chemin. Le cœur de fritz se serra de peur, un froid différent de tout ce qu'il avait connu jusque-là lui transperça les os. Il était seul au milieu de la terrible menace environnante, les ordres de l'archiduc, ces ordres impérieux selon lesquels la caravane devait rester unie pour conserver sa cohésion, laquelle était la seule garantie de sa sécurité, comme font les alpinistes qui s'attachent les uns aux autres par des cordes, avaient été simplement ignorés. Un proverbe, si ce dicton peut être appelé ainsi, et qui est aussi portugais qu'indien et universel, résume de manière élégante et éloquente des situations comme celle-ci, fais ce que je dis, mais ne fais pas ce que je fais. L'archiduc avait procédé de cette façon, il avait ordonné, Restons ensemble, mais l'occasion se présentant, au lieu de demeurer là, comme il aurait dû, à attendre l'éléphant et son cornac qui marchaient derrière, sans compter qu'il était le propriétaire de l'un comme de l'autre, il avait éperonné, au sens figuré, son cheval, et, jambes à quoi me servez-vous, avait foncé droit sur l'entrée du col dangereux avant qu'il ne soit trop tard et que le ciel ne lui tombe sur la tête. Imaginons maintenant que l'avant-garde des cuirassiers ait pénétré dans le défilé et soit restée là à attendre, imaginons que ceux qui arrivaient soient aussi restés à attendre, l'archiduc et son archiduchesse, l'éléphant soliman et son cornac fritz, le char du fourrage et enfin le reste des cuirassiers fermant la marche, et aussi les charrettes intermédiaires, chargées de coffres, de huches et de malles, et l'innombrable valetaille, tous fraternellement réunis, attendant que la montagne s'écroule ou qu'une avalanche comme on n'en n'avait jamais vue les ensevelisse tous, obstruant le défilé jusqu'au printemps. L'égoïsme, généralement tenu pour une des attitudes les plus négatives et répréhensibles de l'espèce humaine, peut avoir de bonnes raisons dans certaines circonstances. En sauvant notre aimable peau, en échappant rapidement à la souricière mortelle en laquelle le col d'isarco pouvait se métamorphoser, nous sauvons aussi la peau de nos compagnons de voyage qui, leur tour d'avancer étant arrivé, purent ainsi poursuivre le voyage sans embarras inopportuns de la circulation, et donc la conclusion est très facile à tirer, chacun pour soi afin que nous puissions tous être sains et saufs. Qui aurait dit que la morale n'est pas toujours ce qu'elle paraît et qu'elle peut être d'autant plus efficace qu'elle se montre plus contraire à elle-même. Devant ces évidences cristallines et stimulé par l'impact subit, quelque cent mètres derrière, d'une masse de neige qui, sans aspirer au nom d'avalanche, s'avéra être largement suffisante pour que la frayeur fût grande, fritz fit signe à soliman d'avancer, vite, vite. Plus que le simple pas, la situation, vu son caractère dangereux, exigeait le trot, ou mieux encore, le galop, un galop qui le mettrait vite à l'abri des menaces de l'isarco. Il fut par conséquent rapide, aussi rapide que saint antoine quand il se servit de la quatrième dimension pour aller à lisbonne sauver son père de la potence. L'ennui, c'est que soliman avait trop présumé de ses forces. Haletant, quelques mètres après avoir laissé derrière lui l'embouchure du défilé, ses pattes de devant flageolèrent et ses genoux touchèrent le sol. Toutefois, le cornac eut de la chance. Normalement, le choc eût dû le projeter violemment par-devant la tête de sa malheureuse monture, dieu seul sait avec quelles conséquences funestes, mais la si célébrée mémoire de l'éléphant rappela à soliman ce qui s'était passé avec le curé du village qui prétendait l'exorciser, quand à la dernière seconde, à l'ultime instant, il avait réussi à amortir le coup de patte, sans doute mortel, qu'il lui avait décoché. La différence par rapport au cas actuel fut que soliman parvint à recourir au tout petit restant d'énergie dont il disposait encore pour réduire la vitesse de sa chute, faisant en sorte que ses épais genoux touchassent le sol avec la légèreté d'un flocon de neige. Comment s'y sera-t-il pris, personne ne le sait et on n'ira pas le lui demander. Comme les prestidigitateurs, les éléphants ont eux aussi leurs secrets. Entre parler et se taire, un éléphant préférera toujours le silence, voilà pourquoi sa trompe a tellement poussé, laquelle, outre qu'elle transporte des troncs d'arbres et sert d'ascenseur au cornac, a l'avantage de représenter un obstacle sérieux à toute loquacité incontrôlée. Prudemment, fritz fit comprendre à soliman qu'il était temps de déployer un petit effort pour se relever. Il n'ordonna pas, il ne recourut pas à son répertoire varié de petits coups de bâton, certains plus agressifs que d'autres, il se borna à le lui faire comprendre, ce qui prouve une fois de plus que le respect des sentiments d'autrui est la meilleure condition pour une vie relationnelle et affective prospère et heureuse. C'est toute la différence entre un catégorique

Lève-toi et un dubitatif Et si tu te levais. D'aucuns allaient jusqu'à soutenir que cette seconde phrase, et non pas la première, fut celle que jésus proféra réellement, preuve parfaitement probante que la résurrection dépendait finalement surtout de la libre volonté de lazare et non pas des pouvoirs miraculeux, pour particulièrement sublimes qu'ils fussent, du nazaréen. Si lazare ressuscita, ce fut parce qu'on lui parla aimablement, c'est aussi simple que cela. Et que cette méthode continue à donner de bons résultats, on le vit lorsque soliman, redressant d'abord la jambe droite, puis la gauche, restitua fritz à la sécurité relative d'une verticalité oscillante, lui qui jusqu'alors n'avait pu recourir qu'à la solidité de quelques poils de la nuque de l'éléphant pour ne pas se voir précipité en bas le long de la trompe. Voici donc soliman ferme sur ses quatre pattes, le voici subitement encouragé par l'arrivée de la charrette du fourrage qui, après une lutte ardue des deux paires de bœufs, avait dépassé le tas de neige évoqué précédemment pour avancer vaillamment vers la sortie du défilé et l'appétit vorace de l'éléphant. Son âme presque défaillante recevait à présent sa récompense pour avoir fait revenir à la vie son propre corps prostré au point de ne plus jamais se relever au milieu du paysage blanc et cruel. La table fut mise sur place et, pendant que fritz et le bouvier célébraient leur salut avec quelques gorgées de l'eau-de-vie appartenant à l'homme des bœufs, soliman dévorait ballot après ballot avec un enthousiasme attendrissant. Il ne manquait plus que des fleurs surgissant de la neige et des petits oiseaux printaniers entonnant de doux chants en l'honneur du tyrol. On ne peut pas tout avoir. C'est déjà beaucoup que fritz et le bouvier, multipliant l'une par l'autre leurs intelligences respectives, eussent trouvé le remède à la tendance préoccupante des diverses composantes de la caravane à se séparer, comme si elles n'avaient rien à voir les unes avec les autres. C'était une solution, disons, parcellaire, mais sans doute annonciatrice d'une façon différente d'aborder les problèmes, à savoir que même si l'objectif est de servir mes intérêts personnels, il convient toujours de prendre en considération l'autre partie. Bref, de recourir à des solutions intégrées. Dorénavant, les bœufs et l'éléphant voyageront obligatoirement ensemble, la charrette avec les ballots de fourrage devant, l'éléphant derrière, pour ainsi dire dans le sillage odorant de la paille. Pour logique et rationnelle que paraisse la répartition topographique de ce groupe restreint, fait que personne n'osera nier, rien de ce qui a été obtenu ici grâce à une volonté délibérément conciliatrice ne sera applicable, il ne manquerait plus que cela, à l'archiduc et à l'archiduchesse dont le carrosse roule loin devant et est peut-être même déjà arrivé à bressanone. Si tel est le cas, nous sommes autorisés à révéler que soliman jouira d'un repos mérité de deux semaines dans cette station touristique connue, plus concrètement dans une hostellerie portant le nom de am hohen feld, ce qui veut dire avec beaucoup d'à-propos haute terre. Il est naturel de s'étonner qu'une hostellerie qui se trouve encore en territoire italien ait un nom allemand, mais cela s'explique si nous nous souvenons que la majorité des hôtes qui viennent ici sont précisément des autrichiens et des allemands qui aiment à s'y sentir chez eux. Des raisons analogues feront qu'un jour dans l'algarve, comme quelqu'un jugera bon de l'écrire, toute plage qui se respecte ne sera pas une plage, mais une beach, tout pêcheur sera un fisherman, qu'il se respecte ou non, et s'il s'agit d'une agglomération touristique et non plus d'un village, sachons qu'il est mieux vu de parler de holiday village, ou de village de vacances ou de ferienort. L'on en arrive au comble de ne pas avoir de nom pour un magasin de mode, parce que, dans une sorte de portugais par adoption, on dit boutique et, nécessairement, fashion shop en anglais, moins nécessairement modes en français, et franchement modegeschäft en allemand. Un magasin de chaussures se présente sous le nom de shoes et on n'en parle plus. Et si le voyageur pouvait ramasser, comme on s'épuce, des noms de bars et de boîtes de nuit, quand il arriverait à sines il en serait encore aux premières lettres de l'alphabet. Celui-ci est tellement méprisé dans l'aménagement de la lusitanie qu'on peut dire de l'algarve, en cette époque où les civilisés descendent vers la barbarie, qu'il est la terre de la langue portugaise telle qu'elle se tait. Bressanone est ainsi.

On dit, après que tolstoï a été le premier à le proclamer, que les familles heureuses n'ont pas d'histoire. Il semblerait aussi que les éléphants heureux n'en aient pas. Voyez le cas de soliman. Pendant les deux semaines qu'il passa à bressanone, il se reposa, dormit, mangea et but à n'en pouvoir plus, quelque chose comme quatre tonnes de fourrage et environ trois mille litres d'eau, ce qui lui permit de se dédommager des nombreux jeûnes forcés auxquels il avait été obligé de se soumettre pendant le long voyage en terres portugaises, espagnoles et italiennes, lorsqu'il ne s'avéra pas toujours possible de réapprovisionner régulièrement son garde-manger. À présent soliman est requinqué, il est dodu, beau, au bout d'une semaine sa peau flasque et ridée a cessé de faire des plis comme une capote mal suspendue à un crochet. Ces bonnes nouvelles parvinrent à l'archiduc qui ne tarda pas à se rendre en visite dans la maison de l'éléphant, c'est-à-dire dans son étable, au lieu d'ordonner de le faire sortir pour qu'il exhibe, devant l'autorité archiducale et la population réunie, l'allure superbe, le look magnifique qu'il possède à présent. Comme il est naturel, fritz assista à la scène, mais conscient que la paix avec l'archiduc n'était pas encore officielle, si tant est qu'elle le devienne un jour, il se montra discret et attentif, sans trop attirer l'attention sur lui, mais espérant que l'archiduc laisserait tomber au moins un mot de félicitations, un éloge rapide. Ce qui fut le cas. À la fin de la visite, l'archiduc lui adressa au passage un bref regard et dit, Tu as fait du bon travail, fritz, soliman doit être content, ce à quoi fritz répondit, Je ne souhaite pas autre chose, sire, ma vie est au service de votre altesse. L'archiduc ne répondit pas, il se borna à grommeler, laconique, Hum, hum, son primitif, pour ne pas dire inaugural, que chacun s'efforcera d'interpréter à sa guise. Pour fritz, toujours enclin, par tempérament et philosophie de vie, à une vision optimiste des événements, ce grommellement, en dépit de sa sécheresse apparente et du caractère déplacé de pareil langage dans la bouche d'une archiducale et demain impériale personne, fut comme un pas, un petit, mais indéniable pas vers la concorde si ardemment désirée. Attendons jusqu'à vienne pour voir ce qui se passera.

De bressanone au défilé de brenner la distance est si courte que la caravane n'aura sûrement pas le temps de s'éparpiller. Ni le temps ni la distance nécessaires. Ce qui signifie que nous nous heurterons de nouveau au même défi moral qu'auparavant, celui du col d'isarco, à savoir, nous faudra-t-il avancer de conserve ou séparément. La seule pensée que la longue caravane pourrait se voir, tout entière, depuis les cuirassiers à sa tête jusqu'à ceux qui ferment le cortège, comme coincée entre les parois du défilé et sous la menace des avalanches de neige ou des éboulements de rochers, est effrayante. Probablement vaudra-t-il mieux laisser la solution du problème entre les mains de dieu, qu'il décide, lui. Nous avancerons, avancerons, et nous verrons bien. Malgré tout, cette préoccupation, aussi compréhensible soit-elle, ne doit pas nous en faire oublier une autre. Les connaisseurs disent que le col de brenner est dix fois plus dangereux que celui d'isarco, d'autres disent vingt fois plus, et que tous les ans il fait des victimes, ensevelies sous les avalanches ou écrasées par les pierres qui roulent du haut de la montagne, encore qu'au début de leur éboulement elles ne semblent pas être porteuses de ce funeste destin. Plaise au ciel que vienne le temps où la construction de viaducs reliant les hauteurs les unes aux autres éliminera les cols profonds dans lesquels, bien qu'encore vivants, nous avançons déjà à moitié enterrés. Le côté intéressant de cette histoire c'est que ceux qui doivent emprunter ces cols le font presque toujours avec une sorte de résignation fataliste qui, si elle n'évite pas la peur qui assaille le corps, semble au moins laisser l'âme intacte, sereine, comme une lumière ferme qu'aucun ouragan ne sera en mesure d'éteindre. On raconte beaucoup de choses qui ne sont pas toutes véridiques, mais l'être humain est ainsi fait qu'il est tout aussi capable de croire que les poils d'éléphant, après un processus de macération, font repousser les cheveux, que d'imaginer qu'il porte en lui une lumière unique qui le conduira sur les chemins de la vie, y compris dans les défilés. De toute façon, disait le sage ermite des alpes, il nous faudra tous mourir un jour.

Le temps n'est pas fameux, ce qui n'est pas nouveau en cette période de l'année, comme nous en avons déjà eu d'abondantes preuves. Il est vrai que la neige tombe sans exagération et que la visibilité est quasiment normale, mais le vent souffle comme des lames aiguisées venues découper les vêtements, malgré leur apparent pouvoir de protection. Les cuirassiers pourront le confirmer. D'après le bruit qui circule dans la caravane, si le voyage va recommencer dès aujourd'hui c'est parce que demain on s'attend à une aggravation des conditions météorologiques et aussi parce que, dès qu'on aura parcouru un certain nombre de kilomètres vers le nord, en principe le pire des alpes sera passé. Ou, pour nous exprimer autrement, avant que l'ennemi nous attaque, attaquons-le nous-mêmes. Une bonne partie des habitants de bressanone est venue assister au départ de l'archiduc maximilien et de son éléphant, et en guise de récompense ils eurent une surprise. Au moment où l'archiduc et son épouse s'apprêtaient à monter dans le carrosse, soliman ploya les deux genoux sur le sol gelé, ce qui donna lieu dans l'assistance à une salve d'applaudissements et de vivats particulièrement digne d'être consignée dans les annales. L'archiduc commença par sourire, mais fronça vite les sourcils à la pensée que ce nouveau miracle était une manœuvre déloyale de fritz qui cherchait désespérément à faire la paix. L'archiduc a tort, le geste de l'éléphant fut entièrement spontané, il lui sortit pour ainsi dire de l'âme, ç'aura été une façon de remercier qui de droit du bon traitement dont il avait bénéficié dans l'hostellerie am hohen feld pendant ces quinze jours, ces deux semaines de bonheur authentique et, par conséquent, sans histoire. En tout état de cause, il ne faut pas exclure la possibilité que notre éléphant, préoccupé à juste titre par la froideur manifeste des relations entre son cornac et l'archiduc, ait voulu contribuer par ce beau geste à apaiser les esprits en bisbille, comme on dira plus tard et cessera ensuite de dire. Ou bien, afin qu'on ne nous accuse pas de partialité, parce que nous serions censément en train de passer sous silence la véritable clé de la question, on ne peut pas exclure l'éventualité, laquelle n'est pas seulement théorique, que fritz, soit intentionnellement, soit par pure inadvertance, eût touché avec son bâton l'oreille droite de soliman, organe miraculeux par excellence, ainsi que ce fut prouvé à padoue. Comme nous devrions déjà le savoir, la représentation la plus exacte, la plus précise de l'âme humaine est le labyrinthe. Avec elle tout est possible.

La caravane est prête à partir. Un sentiment général d'appréhension règne, une tension impossible à déguiser, on sent que les voyageurs ne parviennent pas à s'ôter de la tête le col de brenner et ses dangers. Et le chroniqueur de ces événements n'éprouve aucune honte à avouer qu'il a peur de ne pas être capable de décrire le célèbre défilé qui nous attend plus loin, lui qui, déjà lors du passage de l'isarco, dut masquer du mieux qu'il put son incompétence, divaguant au sujet de questions secondaires, peut-être d'une certaine importance en tant que telles, mais éludant clairement l'essentiel. Dommage qu'au seizième siècle la photographie n'eût pas encore été inventée, car alors la solution eût été très facile, il suffirait d'insérer ici quelques clichés de l'époque, surtout pris par hélicoptère, et le lecteur aurait toutes les raisons de se considérer comme étant amplement compensé et de reconnaître l'immense effort informatif de notre rédaction. À propos, le moment est venu de dire que la petite ville qui vient ensuite, à une faible distance de bressanone, s'appelle en italien, puisque nous sommes encore en italie, vitipeno. Que les autrichiens et les allemands l'appellent sterzing est une chose qui dépasse notre entendement. Toutefois, reconnaissons qu'il est possible, sans pour autant mettre la main au feu, que la langue italienne se taise moins dans cette région que la langue portugaise ne s'est tue dans l'algarve.

Nous avons désormais quitté bressanone. Il est difficile de comprendre que dans une région aussi accidentée, où abondent de vertigineuses chaînes de montagnes se chevauchant les unes les autres, il ait encore été nécessaire de découper les cicatrices profondes de l'isarco et du brenner au lieu d'aller les placer dans d'autres endroits de la planète, moins richement pourvus en biens de la nature, où le caractère exceptionnel de ce stupéfiant phénomène géologique serait susceptible, grâce à l'industrie du tourisme, d'améliorer matériellement la vie modeste et résignée des habitants. Contrairement à ce qu'il serait licite de penser, étant donné les problèmes narratifs exposés franchement à l'occasion de la traversée de l'isarco, ces commentaires n'ont pas pour objectif de suppléer par avance à l'indigence prévisible des descriptions du passage du brenner que nous sommes sur le point d'aborder. C'est en revanche l'humble reconnaissance de la vérité inhérente à l'expression connue, Les mots me manquent. Effectivement, les mots nous manquent. On dit que dans une des langues parlées par les indigènes de l'amérique du sud, peut-être en amazonie, il existe plus de vingt expressions, vingt-sept, crois-je me souvenir, pour désigner la couleur verte. Comparé à la pauvreté de notre vocabulaire en la matière, il semblerait qu'il devrait être facile pour eux de décrire les forêts dans lesquelles ils vivent, au milieu de tous ces verts minutieux et différenciés, à peine séparés par de subtiles et presque impalpables nuances. Nous ne savons pas s'ils l'ont tenté un jour ni s'ils ont été satisfaits du résultat. Ce qu'en revanche nous savons, c'est qu'une quelconque monochromie, par exemple, pour ne pas aller plus loin, la blancheur apparemment absolue de ces montagnes, ne résout pas non plus la question, peut-être parce qu'il y a plus de vingt nuances de blanc que l'œil est impuissant à distinguer, mais dont il pressent l'existence. La vérité, si nous sommes prêts à l'accepter dans toute sa crudité, c'est tout bonnement qu'il est impossible de décrire un paysage avec des mots. Ou plutôt, c'est possible, mais cela n'en vaut pas la peine. Je demande s'il vaut la peine d'écrire le mot montagne si nous ne savons pas quel nom la montagne se donnerait à elle-même. La peinture est déjà autre chose, elle est parfaitement capable de créer sur la palette vingt-sept tons de vert bien à elle qui se sont échappés de la nature, et quelques-uns de plus qui ne leur ressemblent pas, et c'est ce que nous appelons art, comme il convient. Les feuilles ne tombent pas des arbres peints.

Nous voici déjà sur le col du brenner. Dans un silence total, sur ordre de l'archiduc. Contrairement à ce qui s'était passé jusqu'à présent, la caravane, comme si seule la peur avait produit cet effet agglutinant n'a pas montré de tendance à la dispersion, les chevaux du carrosse archiducal touchent presque de leurs naseaux l'arrière-train des dernières montures des cuirassiers, soliman avance si près du petit flacon d'essences de l'archiduchesse qu'il en hume avec délices les arômes qui s'en exhalent chaque fois que la fille de charles quint éprouve le besoin de se rafraîchir. Le reste de la caravane, à commencer par le char à bœufs avec le fourrage et la cuve d'eau suit la piste tracée comme s'il n'y avait pas d'autre manière d'arriver à destination. On tremble de froid, mais surtout de peur. Dans les anfractuosités des très hauts escarpements s'accumule la neige qui s'en détache de temps à autre pour venir s'abattre avec un bruit sourd sur la caravane en petites avalanches qui, sans danger majeur en soi, ont pour conséquence d'accroître la peur. Ici, personne ne se sent assez sûr de soi pour se servir de ses yeux afin de jouir de la beauté du paysage, bien que ne manque pas un connaisseur pour dire à son voisin, Sans neige c'est beaucoup plus beau, Plus beau comment, demande le compagnon, curieux, C'est impossible à décrire. Réellement, le plus grand irrespect à l'égard de la réalité, quelle qu'elle soit, dont nous puissions faire preuve quand nous nous consacrons au travail vain qu'est la description d'un paysage, c'est de le faire avec des mots qui ne nous appartiennent pas, qui ne nous ont jamais appartenu, observez bien, des mots qui ont déjà parcouru des millions de pages et de bouches avant que n'arrive notre tour de les utiliser, des mots fatigués, épuisés d'être tellement passés de main en main et d'avoir laissé dans chacune une partie de leur substance vitale. Si nous écrivons, par exemple, les mots ruisseau cristallin, précisément employés si souvent dans la description de paysages, nous ne prenons pas le temps de nous demander si le ruisseau est toujours aussi cristallin que lorsque nous l'avons aperçu pour la première fois ou s'il a cessé d'être un ruisseau pour se transformer en fleuve puissant, ou, triste sort que celui-là, dans le plus infect et malodorant des marécages. Bien qu'à première vue on ne le dirait pas, ceci a tout à voir avec l'affirmation courageuse, consignée plus haut, selon laquelle il n'est tout simplement pas possible de décrire un paysage et, par extension, n'importe quoi d'autre. Dans la bouche d'une personne de confiance qui, selon toute évidence, connaît les lieux tels qu'ils se présentent pendant les différentes saisons de l'année, ces paroles donnent à réfléchir. Si cette personne, avec son honnêteté et son savoir fondé sur l'expérience, dit que l'on ne peut pas décrire ce que les yeux voient en le traduisant en mots, qu'il s'agisse de neige ou de verger fleuri, comment pourra oser le faire quelqu'un qui n'a jamais traversé de sa vie le col du brenner, et pas même en rêve durant ce seizième siècle, lorsque étaient absentes autoroutes et stations-services, sandwiches et tasses de café, sans parler de motels où passer la nuit au chaud, pendant qu'au-dehors la tempête rugit et qu'un éléphant égaré pousse le plus angoissé des barrissements. Nous ne sommes pas allés là-bas, nous nous fondons uniquement sur des informations, par exemple, une vieille gravure, que seul son grand âge rend respectable ainsi que son dessin naïf, qui montre un éléphant de l'armée d'hannibal dégringolant dans un ravin, alors qu'en fait pendant la traversée ardue des alpes par l'armée carthaginoise, c'est du moins ce qu'a affirmé quelqu'un qui était au courant, aucun éléphant n'a été perdu. Ici non plus, personne ne s'est perdu. La caravane est toujours aussi compacte et ferme, qualités qui ne sont pas moins louables pour avoir été essentiellement déterminées, comme cela fut expliqué précédemment, par des sentiments égoïstes. Mais il y a des exceptions. Le plus grand souci des cuirassiers, par exemple, n'a rien à voir avec la sécurité personnelle de chacun, mais avec celle de leurs chevaux, à présent obligés d'avancer sur un sol glissant, en glace dure, d'un gris bleuté, où un métacarpe brisé aurait la plus fatale des conséquences. Jusqu'à maintenant, le miracle opéré par soliman à la porte de la basilique de saint-antoine à padoue, bien qu'il chagrine le luthéranisme encore endurci de l'archiduc maximilien deux d'autriche, a protégé la caravane, pas uniquement les puissants qui en font partie, mais aussi les gens de peu, ce qui prouve, si la démonstration était encore nécessaire, les rares et excellentes vertus thaumaturges du saint, fernand de bouillon dans le monde, que deux villes, lisbonne et padoue, se disputent depuis des siècles, assez pro forma, disons-le, car il est clair pour tout un chacun que c'est padoue qui a fini par hisser l'oriflamme de la victoire, lisbonne se contentant des marches populaires dans les faubourgs, du vin rouge et des sardines grillées sur la braise, sans parler des ballons et des pots de basilic. Il ne suffit pas de savoir comment et où est né fernand de bouillon, il faut attendre de voir comment et où s'en ira mourir saint antoine.

Il continue à neiger et qu'on veuille bien nous pardonner la vulgarité de l'expression, il fait un froid de gueux.

Il convient de fouler le sol avec mille et une précautions à cause du maudit gel, mais, bien que les montagnes n'aient pas disparu, il semble que les poumons commencent à mieux respirer, avec davantage d'aisance, délivrés de l'étrange oppression qui descend des cimes inaccessibles. La ville prochaine est innsbruck, sur la rive de l'inn, et, si l'archiduc n'a pas abandonné l'idée dont il a fait part à l'intendant encore à bressanone, une bonne partie de la distance qui nous sépare de vienne sera parcourue en bateau, donc par voie fluviale, en descendant le courant, d'abord sur l'inn jusqu'à passau, puis sur le danube, fleuves au débit abondant, surtout le danube qu'en autriche l'on appelle donau. Il est plus que probable que nous bénéficierons d'un voyage tranquille, aussi tranquille que le séjour de deux semaines à bressanone, où rien de digne d'être noté ne se passa, pas le moindre épisode burlesque à relater à la veillée, pas la moindre histoire de fantômes à raconter aux petits-enfants, et les gens se sentirent donc chanceux comme très rarement, tous arrivés sains et saufs à l'hostellerie am hohen feld, la famille au loin, les soucis renvoyés à plus tard, les créanciers déguisant leur impatience, aucune lettre compromettante tombée entre des mains indues, bref, comme disaient les anciens, l'avenir n'appartient qu'à dieu, vivons donc le jour présent, car on ne sait pas ce que demain nous réserve. Le changement d'itinéraire n'est pas dû à un caprice de l'archiduc, bien que dans ledit itinéraire soient incluses deux visites de courtoisie et aussi de haute politique centre-européenne, la première à wasserburg, au duc de bavière, la seconde, plus longue, à müldhorf, au duc ernst de bavière, administrateur de l'archevêché de salzbourg. Pour en revenir aux chemins, il est vrai que la route d'innsbruck à vienne est relativement commode, sans accidents orographiques calamiteux comme dans les alpes, et si elle n'y mène pas en ligne droite, du moins est-elle relativement sûre de là où elle veut arriver. Toutefois, l'avantage des fleuves c'est qu'ils sont comme des routes mobiles, ils avancent pas à pas, surtout ceux-ci, avec leur débit puissant. Celui qui profitera le plus de ce changement c'est soliman qui, pour boire, n'aura qu'à s'approcher du bord du radeau, plonger sa trompe dans l'eau et aspirer. Cependant, il ne serait pas content du tout s'il venait à savoir qu'un chroniqueur de la ville riveraine de hall, peu après innsbruck, un scribe quelconque nommé franz schweyger, écrira, Maximilien est revenu splendidement d'espagne, amenant aussi un éléphant qui a douze pieds de hauteur et une couleur de rat. La rectification apportée par soliman, d'après ce que nous savons de lui, serait rapide, directe et incisive, Ce n'est pas l'éléphant qui a une couleur de rat, c'est le rat qui a une couleur d'éléphant. Et il ajouterait, Un peu plus de respect, s'il vous plaît.

Se balançant au pas cadencé de soliman, fritz débarrasse ses sourcils de la neige qui s'y est collée et pense à ce que l'avenir lui réserve à vienne, cornac il est, cornac il restera, il ne pourrait jamais être autre chose, mais le souvenir de ce que fut son temps à lisbonne, oublié de tous, après avoir été un motif de réjouissances pour la populace, y compris pour les gentilshommes de la cour qui, à la rigueur, font eux aussi partie de la populace, l'amène à se demander si à vienne aussi on l'enfermera dans un enclos entouré de pieux avec l'éléphant, pour qu'il y pourrisse. Quelque chose devra nous arriver, salomon, dit-il, ce voyage n'a été qu'un intervalle, et remercie d'ores et déjà le cornac subhro de t'avoir restitué ton vrai nom, bonne ou mauvaise, tu auras la vie pour laquelle tu es né et à laquelle tu ne pourras te soustraire, mais moi je ne suis pas né pour être cornac, en vérité aucun homme ne naît pour être cornac, quand bien même aucune autre porte ne s'ouvrirait pour lui de toute son existence, au fond je suis une sorte de parasite de toi, un pou perdu parmi les soies de tes lombes, je suppose que je ne vivrai pas aussi longtemps que toi, la vie des hommes est courte, comparée à celle des éléphants, c'est de notoriété publique, je me demande ce que tu deviendras lorsque je ne serai plus de ce monde, on fera venir un autre cornac, évidemment, quelqu'un devra s'occuper de soliman, l'archiduchesse s'offrira peut-être à le faire, ce serait plaisant, une archiduchesse au service d'un éléphant, ou alors un des princes, quand ils auront grandi, d'une façon ou d'une autre, cher ami, ton avenir est garanti, pas le mien, moi je suis le cornac, un parasite, un appendice.

Fatigués par une marche aussi longue, nous arrivâmes à innsbruck à une date figurant sur le calendrier catholique, le jour des rois en l'an de grâce mille cinq cent cinquante-deux. La fête fut splendide, comme on pouvait s'y attendre de la part de la première grande ville autrichienne qui recevait l'archiduc. On ne sait déjà plus si les applaudissements sont pour lui ou pour l'éléphant, mais cela importe peu au futur empereur pour qui soliman est d'ailleurs un instrument politique de première grandeur, dont l'importance ne saurait en aucun cas être affectée par une jalousie ridicule. Le succès des rencontres à wassenburg et à müldhorf devra beaucoup à la présence d'un animal jusqu'alors inconnu en autriche, comme si maximilien deux l'avait fait sortir du néant pour le plaisir de ses sujets, des plus humbles aux principaux. Cette partie finale du voyage de l'éléphant constituera dans son intégralité une clameur jubilatoire constante qui se propagera de ville en ville comme une traînée de poudre, sans compter qu'elle sera un motif d'inspiration poussant artistes et poètes dans chaque lieu de passage à rivaliser en peintures et gravures, médailles commémoratives, inscriptions poétiques comme celles du célèbre humaniste caspar bruschius, destinées à la mairie de linz. Et à propos de linz, où la caravane abandonnera bateaux, embarcations et radeaux pour parcourir à pied le reste du chemin, il est naturel que quelqu'un souhaite savoir pourquoi l'archiduc n'a pas continué à utiliser la commode voie fluviale, puisque le même danube qui les a amenés à linz eût pu les conduire aussi à vienne. Penser cela est de la naïveté ou, dans le pire des cas, c'est ignorer ou ne pas comprendre l'importance d'une publicité bien ciblée dans la vie des nations en général et dans la politique et autres commerces en particulier. Imaginons que l'archiduc maximilien d'autriche commette l'erreur de débarquer dans le port fluvial de vienne, oui, vous avez bien entendu, dans le port fluvial de vienne. Or, les ports, qu'ils soient grands ou petits, fluviaux ou maritimes, ne se sont jamais distingués par l'ordre et la propreté, et lorsque par hasard ils se présentent à nous sous une apparence de normalité organisée, il faut savoir que ce n'est jamais qu'une des innombrables et souvent contradictoires images du chaos. Imaginons l'archiduc en train de débarquer avec toute sa caravane, y compris un éléphant, sur un quai encombré de caisses, de sacs de toutes espèces, de ballots de ceci ou de cela, au milieu d'ordures, d'une foule de gens qui obstruent le passage, et dites-nous un peu comment il pourra se frayer un chemin pour arriver sur les nouvelles avenues et y préparer le défilé. Ce sera là une triste entrée, après plus de trois années d'absence. Les choses ne se passeront pas ainsi. À müldhorf, l'archiduc ordonnera à son intendant de commencer à élaborer un programme d'accueil à vienne qui soit à la hauteur de l'événement, ou des événements, en premier lieu, évidemment, l'arrivée de sa personne et de l'archiduchesse, en second lieu celle de ce prodige de la nature qu'est l'éléphant soliman, lequel éblouira les viennois tout comme il avait déjà ébloui tous ceux qui avaient posé les yeux sur lui au portugal, en espagne et en italie, lesquels, en toute justice, ne sont pas à proprement parler des pays barbares. Des courriers à cheval furent dépêchés à vienne avec des instructions pour le bourgmestre dans lesquelles était exprimé le désir de l'archiduc de voir récompensé dans les cœurs et dans les rues tout l'amour que lui-même et l'archiduchesse vouaient à la ville. À bon entendeur, salut. D'autres instructions furent transmises, celles-ci à usage interne, faisant état de l'opportunité de profiter de la navigation sur l'inn et le danube pour procéder à un lavage général des personnes et des bêtes, lequel lavage, ne pouvant inclure pour des raisons évidentes une immersion dans des eaux glaciales, devrait être un tant soit peu efficace. Tous les matins, une belle quantité d'eau chaude était fournie à l'archiduc et à l'archiduchesse pour leurs ablutions, ce qui poussa d'aucuns, plus soucieux d'hygiène personnelle, à murmurer avec un soupir de regret, Ah, si j'étais l'archiduc. Ils n'ambitionnaient pas le pouvoir que maximilien deux détenait entre ses mains, ils n'auraient peut-être même pas su qu'en faire, mais ils voulaient de l'eau chaude, sur l'utilité de laquelle, apparemment, ils ne nourrissaient aucun doute.

En débarquant à linz, l'archiduc avait déjà des idées très claires sur la nouvelle manière d'organiser la caravane de façon à en tirer le meilleur profit possible, notamment en ce qui concernait les effets psychologiques de son retour dans l'esprit de la population de vienne, capitale du royaume et, par conséquent, siège de la sensibilité politique la plus aiguisée. Les cuirassiers, jusqu'ici divisés en avant-garde et arrière-garde, constituèrent désormais une formation unique, ouvrant le passage à la caravane. Venait ensuite l'éléphant, ce qui, force est de le reconnaître, représentait un coup stratégique digne d'un alekhine, surtout quand nous ne tarderons pas à apprendre que le carrosse de l'archiduc n'occupera que la troisième place dans cette séquence. L'objectif était clair, accorder le rôle principal à soliman, ce qui était bien pensé, car vienne avait connu précédemment des archiducs d'autriche, tandis qu'en matière d'éléphants celui-ci était le premier. De linz à vienne il y a trente-deux lieues, deux arrêts intermédiaires étaient prévus, un à melk et l'autre dans la ville d'amstetten, où tous dormiront, de petites étapes permettant à la caravane d'entrer à vienne dans un état raisonnable de fraîcheur physique. Le temps n'est pas très beau, il continue à neiger et le vent n'a pas perdu son fil coupant, mais, comparé aux cols d'isarco et du brenner, cette route pourrait fort bien être celle du paradis, encore qu'on puisse douter que des routes existent dans ce lieu céleste, puisque les âmes, une fois les formalités d'entrée remplies, sont immédiatement dotées d'une paire d'ailes, unique moyen de locomotion autorisé là-haut. Il n'y aura pas d'autre halte après amstetten. Les villageois sont tous descendus sur la route pour voir l'archiduc et ils se trouvent devant un animal dont ils ont vaguement entendu parler et qui provoquait la curiosité la plus justifiée et les explications les plus absurdes, comme il advint à un jeune garçon qui, ayant demandé à son grand-père pourquoi l'éléphant s'appelait éléphant, s'entendit répondre que c'était parce qu'il avait une trompe. Un autrichien, même appartenant aux classes inférieures, n'est pas une personne comme les autres, il doit toujours savoir ce qu'il y a à savoir. Une autre idée qui vit le jour parmi ces bonnes gens, comme nous avons l'habitude de les appeler avec un air condescendant, ce fut que dans le pays d'où l'éléphant était venu tous les habitants en possédait un, comme ici un cheval, une mule ou plus fréquemment un âne, et que tous étaient assez riches pour pouvoir nourrir une bête de cette taille. Ils eurent la preuve de cela lorsqu'il fallut s'arrêter au milieu de la route pour donner à manger à soliman qui, pour une raison inconnue, avait pris un air dégoûté devant son petit déjeuner. Une petite foule s'assembla autour de lui, stupéfaite par la rapidité avec laquelle l'éléphant, à l'aide de sa trompe, introduisait dans sa bouche et engloutissait les bottes de paille après les avoir retournées deux fois entre de puissantes molaires qui, bien qu'invisibles du dehors, n'étaient pas difficiles à imaginer. À mesure qu'on s'approchait de vienne, le temps allait en s'améliorant peu à peu. Rien d'extraordinaire, les nuages étaient toujours bas, mais il avait cessé de neiger. Quelqu'un dit, Si ça continue comme ça, à vienne le ciel sera dégagé et le soleil brillera. Ce ne sera pas tout à fait le cas, toutefois la situation eût été différente pendant le voyage si la météorologie générale avait suivi l'exemple de cette ville qui sera connue un jour comme étant la capitale de la valse. De temps à autre la caravane était obligée de faire une halte car les villageois et les villageoises des alentours voulaient exhiber leurs talents de chanteurs et de danseurs, lesquels plaisaient plus particulièrement à l'archiduchesse dont la satisfaction était partagée par l'archiduc avec une bienveillance quasiment paternelle qui correspondait à une pensée très commune, alors et toujours, Que voulez-vous, les femmes sont comme ça. Les tours et les coupoles de vienne surgissaient déjà à l'horizon, les portes de la ville s'ouvraient toutes grandes et le peuple, revêtu de ses plus beaux atours en l'honneur de l'archiduc et de l'archiduchesse, envahissait les rues et les places. Il en avait été ainsi à valladolid lors de l'arrivée de l'éléphant, mais les peuples ibériques s'amusent d'un rien, ils sont comme des enfants. Ici, à vienne d'autriche, on cultive la discipline et l'ordre, cette éducation a quelque chose de teutonique, comme l'avenir se chargera de mieux l'expliquer. La plus haute expression de l'autorité publique entre dans la ville et un sentiment de respect et d'obéissance inconditionnelle s'empare de la population. Cependant, la vie a beaucoup de cartes dans son jeu et il n'est pas rare qu'elle les joue quand on s'y attend le moins. L'éléphant avançait de son pas mesuré, sans se presser, le pas de celui qui sait que pour arriver il n'est pas toujours nécessaire de courir. Soudain, une fillette d'environ cinq ans, on apprit plus tard que c'était là son âge, qui assistait avec ses parents au passage du cortège, lâcha la main de sa mère, et se précipita vers l'éléphant. Un cri de frayeur sortit de la gorge de tous ceux qui s'aperçurent de la tragédie imminente, les pattes de l'éléphant renversant et piétinant le pauvre petit corps, le retour de l'archiduc marqué par un malheur, un deuil, une terrible tache de sang sur les armoiries de la ville. C'était ne pas connaître salomon. Il enlaça avec sa trompe le corps de la fillette comme s'il la prenait dans ses bras et il l'éleva en l'air comme un nouveau drapeau, celui d'une vie sauvée au dernier instant, au moment même où elle allait s'éteindre. Les parents de la petite coururent en pleurant vers salomon et reçurent dans leurs bras leur fille retrouvée, ressuscitée, pendant que toute l'assistance applaudissait et que maintes personnes pleuraient à chaudes larmes d'émotion incontrôlée, certains criant au miracle, sans être au courant de celui que salomon avait réalisé à padoue en s'agenouillant devant la porte de la basilique de saint-antoine. Comme s'il manquait encore quelque chose au dénouement de l'épisode dramatique auquel nous venons d'assister, l'on vit l'archiduc descendre de son carrosse, donner la main à l'archiduchesse pour l'aider à mettre pied à terre elle aussi, et tous deux, ensemble, main dans la main, se diriger vers l'éléphant, que les gens continuaient à entourer et à fêter en tant que héros du jour, ce qu'il continuera à être pendant longtemps encore, car l'histoire de l'éléphant qui sauva à vienne une fillette d'une mort certaine sera contée mille fois, amplifiée également mille fois, jusqu'à aujourd'hui. Quand les spectateurs s'aperçurent que l'archiduc et l'archiduchesse approchaient, ils se turent et formèrent des haies. L'émotion était visible sur de nombreux visages, certaines personnes essuyaient encore à grand-peine leurs dernières larmes. Fritz était descendu de l'éléphant et attendait. L'archiduc s'arrêta devant lui, le regardant droit dans les yeux. Fritz inclina la tête et aperçut devant lui la main droite, ouverte et attendant, Sire, je n'ose pas, dit-il, et il montra ses propres mains, sales du contact incessant avec la peau de l'éléphant, dans la mesure où fritz avait perdu le souvenir de ce qu'est un bain généralisé et soliman, lui, ne pouvant voir une mare sans courir y barboter. Comme l'archiduc ne retirait pas sa main, fritz n'eut plus qu'à la lui toucher, la peau grossière et calleuse d'un cornac et la peau fine et délicate d'un homme qui ne s'habille même pas avec ses propres mains. Alors l'archiduc dit, Je te suis reconnaissant d'avoir évité une tragédie, Je n'ai rien fait, sire, tout le mérite en revient à soliman, C'est sans doute vrai, mais j'imagine que tu l'y auras quelque peu aidé, J'ai fait ce que j'ai pu, sire, c'est pour ça que je suis cornac, Si tous faisaient ce qu'ils pouvaient, le monde irait sûrement mieux, Il suffit que votre altesse le dise pour que ce soit vrai, Tu es pardonné, tu n'as pas besoin de me flatter, Merci, sire, Sois le bienvenu à vienne et puisse vienne te mériter, toi et soliman, ici vous serez heureux. Et sur ces mots, maximilien deux se retira et se dirigea vers son carrosse en tenant l'archiduchesse par la main. La fille de charles quint est de nouveau enceinte.

L'éléphant mourut presque deux ans plus tard, c'était de nouveau l'hiver, le dernier mois de l'an mille cinq cent cinquante-trois. La cause de la mort ne fut pas connue, ce n'était pas encore le temps des analyses de sang, des radiographies du thorax, des endoscopies, des résonances magnétiques et autres observations qui aujourd'hui sont le pain quotidien des humains, pas autant des animaux, lesquels meurent très simplement, sans une infirmière pour leur poser la main sur le front. En plus d'avoir écorché salomon, on lui coupa les pattes de devant afin qu'après les indispensables opérations de nettoyage et de tannage, elles pussent servir de réceptacles à l'entrée du palais pour les cannes, bâtons, parapluies et ombrelles estivales. Comme on le voit, son agenouillement n'avait été profitable en rien pour salomon. Le cornac subhro reçut de l'intendant la part de la solde qui lui était due, augmentée sur ordre de l'archiduc d'un pourboire assez généreux, et avec cet argent il s'acheta une mule en guise de monture et un âne pour transporter la caisse contenant ses maigres biens. Il annonça qu'il allait s'en retourner à lisbonne, mais il n'y a pas trace de son entrée dans le pays. Soit il aura changé d'idée, soit il sera mort en route.

Une lettre de l'archiduc arriva à la cour portugaise

plusieurs semaines plus tard. On y signalait que l'éléphant soliman était mort, mais que les habitants de vienne ne l'oublieraient jamais, car il avait sauvé la vie d'un enfant le jour même où il était arrivé dans la ville. Le premier à lire la lettre fut le secrétaire d'état pêro de alcáçova carneiro qui la remit au roi en disant, Salomon est mort, sire. Dom joão trois eut un geste de surprise et une ombre de tristesse recouvrit son visage. Faites appeler la reine, dit-il. Dona catarina ne tarda pas à venir, comme si elle devinait que la lettre contenait des nouvelles l'intéressant, peut-être une naissance, peut-être une noce. Ce n'était sûrement pas une naissance ni une noce car le visage de son mari relatait une histoire différente. Dom joão trois murmura, Le cousin maximilien dit là-dedans que salomon. La reine ne le laissa pas finir, Je ne veux pas savoir, cria-t-elle, je ne veux pas savoir. Et elle courut s'enfermer dans sa chambre où elle pleura tout le reste du jour.

Si Gilda Lopes Encarnação n'avait pas été lectrice de portugais à l'université de Salzbourg, si je n'avais pas été invité à parler à ses étudiants, si Gilda ne m'avait pas convié à dîner dans le restaurant L'Éléphant, ce livre n'aurait pas existé. Il a fallu que des destins qui s'ignoraient s'entrecroisent dans la ville de Mozart pour que je puisse demander : « Quelles sont donc ces figures ? » Les figures en question étaient des petites sculptures en bois exposées en rangs d'oignons dont la première, si on regardait de droite à gauche, était notre tour de Belém. Venaient ensuite des représentations de plusieurs édifices et monuments européens qui constituaient manifestement un itinéraire. L'on me dit qu'il s'agissait du voyage d'un éléphant qui, au XVIe siècle, en 1551 pour être précis, sous le règne de Dom João III, fut mené de Lisbonne à Vienne. Je subodorai qu'il pouvait y avoir là une histoire et je le fis savoir à Gilda Lopes Encarnação. Elle estima que c'était le cas, ou que ce serait peut-être le cas, et proposa de me procurer l'information historique indispensable. Le livre qui en résulte est donc celui-ci et il doit beaucoup, énormément, à ma providentielle compagne de table, à qui je souhaite exprimer publiquement ma reconnaissance la plus profonde et aussi l'expression de mon estime et de mon très grand respect.

José Saramago

DU MÊME AUTEUR

Le Dieu manchot
Albin Michel, 1987
et « Points », n° P174

L'Année de la mort de Ricardo Reis
Seuil, 1988
et « Points », n° P574

Le Radeau de pierre
Seuil, 1990
et « Points Signatures », n° P2278

Quasi-objets
Salvy, 1990
et « Points », n° P802

Histoire du siège de Lisbonne
Seuil, 1992
et « Points », n° P619

L'Évangile selon Jésus-Christ
Seuil, 1993
et « Points », n° P723

L'Aveuglement
Seuil, 1997
et « Points », n° P722

Les Poèmes possibles
J. Brémond, 1998

Tous les noms
Seuil, 1999
et « Points », n° P826

Comment le personnage fut le maître
et l'auteur son apprenti
Mille et une nuits, 1999

Manuel de peinture et de calligraphie
Seuil, 2000
et « Points », n° P968

Le Conte de l'île inconnue
Seuil, 2001

La Caverne
Seuil, 2002
et « Points », n° P1117

Pérégrinations portugaises
Seuil, 2003

L'Autre comme moi
Seuil, 2005
et « Points », n° P1554

La Lucidité
Seuil, 2006
et « Points », n° P1807

Les Intermittences de la mort
Seuil, 2008
et « Points », n° P2089

Le Cahier
Textes écrits pour le blog
Septembre 2008-mars 2009
Le Cherche Midi, 2010

Caïn
Seuil, 2011
et « Points », n° P2778

Relevé de terre
Seuil, 2012
et « Points », n° P3102

La Lucarne
Seuil, 2013
et «Points», n°P3321

Menus souvenirs
Seuil, 2014

RÉALISATION : NORD COMPO À VILLENEUVE-D'ASCQ
IMPRESSION : CPI FRANCE
DÉPÔT LÉGAL : AOÛT 2010. N° 103076-11 (2066335)
IMPRIMÉ EN FRANCE